# たわけ大名

## 古来稀《まれ》なる大目付 3

藤 水名子



時代小説

二見時代小説文庫

# 目次

# たわけ大名——古来稀《まれ》なる大目付 3

# 序

※

「お許し…ください」

春の淡雪の如くかそけき声音《こわね》であった。

賑やかな管弦の音にかき消されながらも、それでも懸命に訴える。

「どうか、お許しくださいませ、殿――」

娘の声は震えている。

声だけではない。真っ赤な長襦袢《ながじゅばん》一枚をしどけなく纏《まと》っただけのその体も激しい恐れにうち震えていた。

「よいから、早く踊らぬか」

しかし情け容赦ない男の声音がか弱い肢体に冷たく投げかけられる。

「さっきから、余は待ちくたびれておるぞ」

「どうか、お許しを……」

「なにを言うか。負けた者は裸で踊る。そういう約束であろうが。忘れたとは言わせぬぞ、ひゃっひゃっひゃっひゃっひゃ……」

殿様らしからぬ下卑《げび》た笑い声をたてて男は笑う。声音も笑い顔も、まるで女郎屋《じょろうや》の格子の前で女を品定めする卑猥《ひわい》な客のようだ。

しかし、正真正銘、殿様には違いない。

まるで、遊女が身につけるような真っ赤な襦袢を素膚《すはだ》に羽織り、満面を、その襦袢の色にも負けぬほど朱に染めている。

娘を見据えた酔眼には、ぬたり、と絡《から》みつくような劣情が漲《みなぎ》っていた。

「お許しください、殿……」

何度も繰り返し懇願する声音は、とっくに泣き声に変わっている。

「ああ？　許せとはどういうことだ？」

「…………」

「聞き捨てならぬのう、まるで儂《わし》が無体《むたい》なことを言い、そちを苛《いじ》めているようではないか」

「…………」

「はじめから、そういう約束だった筈《はず》じゃが、はて、儂の思い違いだったかのう？」

「い…いいえ」

「そなた、負けたであろうが。……わざわざ、そなたが得意だと言う囲碁で勝負してやったのに、それでも負けたのではないか」

「は…い」

「では、踊れ」

「…………」

「どうしても踊れぬというなら、せめて、襦袢の紐《ひも》をとけ。それで許してやろう」

「…………」

「なんだ、それもできぬのか？……おい、誰か手伝ってやれ」

と傍《かたわ》らにいる者に命じるにいたって、とうとう堪《た》えきれず、娘はその場にしゃがみ込んだ。両手で顔を被《おお》い、嗚咽《おえつ》をもらす。

するとお忽《たちま》ち、

「なんだ、なんだ、その情けないざまは。折角《せっかく》の座興が台無《だいな》しではないか」

殿様は不機嫌そうに顔を顰《しか》めた。

紅潮した満面からは笑みが消え、険しい表情に変わると、恰《あたか》も赤鬼の風情《ふぜい》である。欲情に滾《たぎ》り、下卑た笑いであっても、まだ笑っているあいだは愛嬌があった。ひとたび面上から笑いが消えただけで、人はこうまで別人に見えるものか。

「おい、空《から》ではないか」

険しい表情で促されると、傍らに侍《はべ》る若い小姓は、唯々《いい》として殿様の酒盃に酒を注《つ》いだ。それをひと息に飲み干し、

「酒ッ」

更に要求する。

注がれた酒を、またひと口にぐぃっと飲み干してから、

「仕方がないのう。……言うことをきかぬやつは、こうじゃ」

と言うなり、赤襦袢の殿様は自らの膝下《しっか》にあった細長い筒を手に取った。

手にとるや否や、笛のように口に銜《くわ》えると、その先端を、蹲《うずくま》った娘のほうへ向ける。

ひゅッ、

「きゃッ……」

筒から飛び出した小さな礫《つぶて》が、俯《うつむ》いた娘の白い項《うなじ》に命中するのと、それまで啜《すす》り泣いていた娘の口から可憐《かれん》な悲鳴が漏れるのとが、殆《ほとん》ど同じ瞬間のことだった。

悲鳴を漏らすとともに、娘は思わずその場で飛び上がる。

すると、立ち上がった娘の足下《あしもと》をめがけ、殿様は更に筒を構えた。

フッ、と吹けば、
ひゅッ、
と小さな礫が飛び出す。

「あッ」

礫は、今度は娘の露《あら》わな脛《すね》に命中した。

筒を吹けば、その先端から、中にこめられた礫が飛び出す。要するに吹き矢の道理だが、刺されれば肌を傷つける矢ではなく、固く丸めた紙礫を矢の代わりに用いているのはせめてもの思いやりというものだろう。

だが、短い飛距離で放たれた塊《かたまり》は、たとえ無害な紙礫であっても、柔肌《やわはだ》に当たればそれなりの刺激を与える。

「…………」

娘は無言で身悶《みもだ》えた。

襦袢の裾《すそ》を乱して飛び上がった娘の反応が余程面白《おもしろ》かったのか、殿様は身を乗り出し、立て続けに吹き礫を放った。

「きゃッ」

「いやッ」

「殿様、お許しを……」

「こそばゆうございます」

忽ち、複数の悲鳴と嬌声《きょうせい》があがる。

同じく襦袢一枚のあられもない姿をした娘が他にも四人ほど、そこに並んでいたのだ。

皆、御殿髷《ごてんまげ》を結《ゆ》った奥女中たちだった。

その足下には、彼女らが脱ぎ捨てた揃いの着物と帯とが、まるで人が力無く頽《くずお》れたような形で散乱している。

殿様の言う座興とやらがどれほど破廉恥《はれんち》な遊びであるかは、その様子からも充分に察せられた。

もう一方、同じ部屋の隅には、三味線《しゃみせん》や太鼓《たいこ》といった、所謂《いわゆる》舞い手に対する地方《じかた》の者たちがいて、いまは舞い手もおらぬのに、常に音曲を奏《かな》でていた。

皆、到底城勤めとは思えぬ猥雑《わいざつ》で野卑《やひ》な姿をした連中だ。小太鼓の者などは膚脱ぎになって撥《ばち》を振るっている。殿様が微行《おしのび》で城下の妓楼《ぎろう》へ遊びに行った際、すっかり気に入って城に招くようになったのだ。

その地方の者たちに、

「おい、もっと景気のよい曲をやらぬか」

と命じておいて、殿様は再び筒を銜えると、娘たちの足下を狙い、再び礫を放ちだす。

「きゃッ……」

座敷内に忽ち嬌声が溢れ、

「あーはっはっはっ……逃げよ、逃げよ」

殿様は闇雲に吹き礫を吹き、娘たちに向けて礫を放ち続ける。

「逃げぬと礫にあたるぞよ。ふはーっはっはっはっ……」

「お許しください」

「きゃあッ」

「殿、もうお許しくださいませッ」

「後生《ごしょう》でございます」

「ふはーッハッハッハッハッ……」

殿様の笑い声と娘らの嬌声に和するように、三味線がひときわ高鳴り、太鼓がけたたましく鳴り響いた。

だが、楽しげに笑っているのは殿様だけで、娘たちも地方の者も、常に彼の身近に侍る小姓たちまでもが、内心辟易《へきえき》しているであろうことは、火を見るよりも明らかだった。

賑やかな嬌声と音曲の漏れ聞こえる御主殿《ごしゅでん》からは少し離れた城内の一室で、裃《かみしも》を着けた二人の武士が顔を突き合わせていた。

一人は若く、一人は初老。

ともに、苦《にが》い魚の肝《きも》でも食わされた直後の如き渋面《じゅうめん》である。燭《しょく》の灯に照らされた顔は、一見死者かと見紛《みまご》うほどに青白い。

「殿には相変わらずのご乱行《らんぎょう》ぶりにございますな」

「うむ」

若い武士が思いつめた顔で言い、初老の武士は軽く頷《うなず》く。

「最早《もはや》、見るに堪えませせぬ」

「…………」

「このままでは、我が藩の先行きが案じられまするぞ」

「わかっておる」

「ご家老ッ！」

「なんじゃ、民部《みんぶ》」

　不意に声を高めた相手の語気に些《いささ》か気圧《けお》されながらも、国家老《くにがろう》の大熊内膳《おおくまないぜん》は厳しい口調で窘《たしな》めた。

「ご城中にて、そのような大声を出すものではない」

「失礼仕《つかまつ》りました」

　若き勘定方の新野《にいの》民部は少しく畏《かしこ》まるが、

「なれどご家老様、このままでは……」

「わかっておると言うておろうが」

　大熊内膳の不快げな表情に気づき、新野民部は漸《ようや》く言葉を止めた。

「わかっておる」

　大熊内膳はもう一度同じ言葉を繰り返してから、

「だが、殿をお諫《いさ》めできる者は、最早家中《かちゅう》にはおらぬ」

諦めきった口調で、言った。

「ご家老……」

「仕方あるまい。あのような殿でも、殿は殿。我らは黙ってお仕《つか》えするしかない」

「ですが、ご家老……」

言いかけて、だが民部は途中で言葉を止めた。大熊の苦衷《くちゅう》を察すると同時に、己の軽率な発言を大いに悔いたのだった。

「………」

「どうした民部？」

だが、沈黙した新野民部に向かって、大熊は問いを発する。

「何故、黙る？」

「………」

沈黙するとともに、民部は深く項垂《うなだ》れた。

「さては、聞いておるのだな？」

「え？」

思わず目を上げて大熊を見返す。

「江戸の……采女《うねめ》らの動きを聞いたのであろう？」

大熊は探るような目つきを民部に向ける。

「いえ、それがしはなにも……」

「釆女は、大目付を抱き込んで殿を隠居させ、己の言いなりになる養子を迎えようと企《たくら》んでおる」

「………」

「儂が何も知らぬとでも思うたか？　江戸屋敷には、儂の息がかかった者も大勢おるのだぞ」

「畏れ入ります」

民部は素直に頭《こうべ》を垂れた。

「しかし、このままでは小平《こひら》殿の思惑どおりに……」

「そうはさせぬ」

強い語調で、大熊は言い切った。

「ご家老？」

「聞くところによると、近頃大目付となったばかりの松波筑後守《まつなみちくごのかみ》という男は、一筋縄ではゆかぬ曲者《くせもの》らしい」

「と、いいますと？」

「なんでも、《蝮《まむし》》の異名をとった斎藤道三《さいとうどうさん》の末裔《まつえい》らしい」

「なんと！　それはまことでございますか？」

「ああ、上様ですら、一目《いちもく》おくほどの御仁《ごじん》であるらしい。……なんにせよ、采女ごとき鼠賊《そぞく》が、おいそれと付け入れる隙《すき》などあるものか」

と大熊内膳は一旦そこで言葉を止め、意味深《いみしん》に声を落とす。

「なんなら、こちらに抱き込めぬものかと思うてな。いま、江戸の者たちに命じて調べさせているところだ」

「左様でございましたか」

「采女如きの思いどおりになど、断じてさせぬわ」

「しかし……」

民部の表情が、ふと曇る。

「どうした？」

「殿にはそろそろ……」

「ああ、例の病か」

大熊の口許《くちもと》がニヤリと弛《ゆる》んだ。

明らかに、なにかよからぬ企みを思いついたらしい表情だ。

「新しい腰元たちにもじきに飽きるかと――」

「そうじゃな」

案じ顔の民部に反して、大熊内膳はどこか楽しげな様子であった。

「江戸藩邸では、殿を亡き者にせんとする企みもあると聞き及んでおります。……そんなところへこちらから出向いては――」

「これ、滅多なことを申すものではないぞ」

「すみませぬ」

軽く窘《たしな》められて、民部はまたも素直に項垂れる。

「いや、或いはこれが、よい機会《しお》になるやもしれぬぞ、民部」

「え？」

「次回、殿が江戸に向かわれる際には、我らもこっそり同行するのじゃ」

「江戸に、でございますか？」

「ああ。この機会に、采女一味を一掃するのじゃ」

「ど、どうやって？」

「奴らの企みを逆手《さかて》にとるのだ。……殿を亡き者にせんとした逆臣を、我らが討ち果たすのだ」

「なるほど——」

「うまくすれば、殿が、御自《おんみずか》ら、逆臣どもを成敗なさるよう、仕向けることができるやもしれぬ」

「まさしく！」

「のう、名案であろうが？」

「…………」

「采女め。己ほどの知恵者はおらぬと思い上がっておるだろうが、目に物見せてくれようぞ」

「しかし、ご家老——」

「なんじゃ？」

「うまくゆきましょうか？」

「…………」

民部から真顔で問い返され、大熊は一瞬間《いっしゅんかん》言葉を失った。まさか言い返されるとは、夢にも思っていなかった。

「どういう意味じゃ？」

「あ…いえ、その……」

民部は口ごもった。

口に出せぬ言葉を、慌てて呑み込んだのだ。即ち、「そう易々《やすやす》と、うまくゆくとは思えませぬ」という言葉を——。

※　※

凩《こがらし》が吹くにはまだ早い。

だが、上り坂を駆け上がる勢いで進む松波三郎兵衛正春《さぶろべえまさはる》の袴《はかま》の裾は、戦場に翻《ひるがえ》る旗印の如く、激しくはためいていた。

（難儀なことじゃ）

三郎兵衛の足は一瞬たりとも休むことなく前へと進む。

その力強い足どり、到底古稀《こき》を過ぎた老人のものとは思えない。

（さすがに、坂道はつらいものよ。こんなことなら、乗り物を使えばよかったわい）

足どりは力強くとも、寄る年波は確実にその身に迫りつつある。

いまは上り坂のつらさなど少しも感じぬ壮健な肉体を保持しているが、胸の奥に萌《きざ》す鈍《にぶ》い倦怠感は如何《いかん》ともし難い。

そこに、心の痛みが伴うとなればなおさらだった。

数日前、竹馬《ちくば》の友の訃報《ふほう》を聞いた。

年齢を思えば仕方のないことであるし、正月たまたま富岡八幡宮《とみがおかはちまんぐう》に詣《もう》でた折に顔を合わせ、酒を酌《く》んでもいた。このとき充分に言葉を交わしていたから、名残《なごり》はない。

が、最期に僅《いささ》かの悔いが生じた。

通夜に駆けつけるつもりが、聞き違いか勘違いか、何故か丸一日遅れてしまった。

(確かに近頃、我ながら物忘れがひどくなったと思う。それは認めるが……)

三郎兵衛にはどうしても納得がいかない。

そもそも、こういうときのために、屋敷には用人《ようにん》というものがいて、主人のすべてを管理している。

三郎兵衛の身辺を常に気遣い、殿中などで粗相がないよう仕度《したく》を調《ととの》えるのが、用人の務めだ。ただ装束を用意し、飯を食わせて送り出せばよいというわけではない。

もし、三郎兵衛が通夜の日時を覚え間違えているようなら、用人の黒兵衛《くろべえ》がそれを正すべきではないか。

(しかるに黒兵衛めは、儂と同じく間違えておった)

それがなにより腹立たしい。

だが、三郎兵衛以上の高齢である黒兵衛が諸事衰えていることはもう何年も前から明らかであった。そろそろ若い用人を雇い入れて黒兵衛の補佐をさせねばならないだろうと思いつつも、つい面倒で先延ばしにしてきた。

もし雇い入れれば入れたで、黒兵衛は忽ちそれを不快がり、

「それがしをお払い箱にするための用意でございますか」

幼児の如く拗《す》ねたようなことを言うに決まっていた。

だが、たとえ黒兵衛がなんと拗ねようが、三郎兵衛は己にとって必要なことを為すべきであった。

(黒兵衛を責めることはできぬ。すべて、儂が悪い)

口惜しくて仕方ないが、誰にもぶつけることのできぬ怒りが、三郎兵衛の全身に漲っていた。更に、

(こんなときにまで……)

それとは全く別の感情も、沸々《ふつふつ》と沸きはじめている。

(まだ来るか)

ぼんやりそれを察してから、三郎兵衛の足は無意識に早まっていた。

いまのところ、殺気は感じられない。

故意に殺気を消しているのか。それとも、はじめから敵意のない相手なのか。敵意のない相手でも、こそこそ人を尾行《つ》けまわすような輩《やから》だ。どうせ善良な者ではあるまい。

それよりも、追ってくるのが前者であった場合、些か厄介《やっかい》である。

故意に殺気を消すことのできるような追っ手は、大変危険な敵なのだ。

それ故三郎兵衛は一途《いちず》に先を急いだ。

故人の弔問前に命のやり取りをするなど、真っ平《まっぴら》だった。

(こんなとき、桐野《きりの》がいてくれると助かるのだが)

つい、思ってしまうのも無理はない。

公儀から遣《つか》わされているお庭番の桐野は、屋敷内に常住して三郎兵衛の身辺警護をするのが主な任務であるが、松波家に来てからひと月もすると、己の勝手な判断で、ときに屋敷の外まで警護の範囲を広げることがあった。その勝手な判断のおかげで、三郎兵衛は随分助けられている。

(だからといって、いつもいつも、都合よく桐野がいてくれるわけもなし……)

と思ったまさにその瞬間、

「いますぐ片づけまするか、殿?」

耳許に低く囁《ささや》かれ、三郎兵衛は画然《かくぜん》我に返った。

「いたのか、桐野」

「はい」

「何故、来た?」

「殿は本日慌《あわ》てておられました」

「………」

「そんなとき、人は往々《おうおう》にして思わぬ不覚をとるものでございます」

「そう…だな」

三郎兵衛は嘆息した。

桐野の目から見ても、今日の三郎兵衛は危うかった。そんなところへ、刺客《しかく》が現れるのも無理はないのかもしれない。

「それで、どういたします?」

「ん?」

「気配から察しますに、どうやら無害な者のようでございます」

「そう思うか?」

「はい」

「では、放っておいても大事ないか?」

「とは思いますが……」

「なんだ?」

「お気になられるようでしたら、念のため、調べておいたほうがよいかと存じます」

「そうだな。では、頼む」

「………」

三郎兵衛が頷《うなず》いたかどうか、というところで、桐野の気配が瞬時にかき消えた。

立ち去ったのだ。

そのときになって三郎兵衛ははじめて、桐野の声を聞いただけで、姿を見てはいなかったことに気づいた。気づいて慌てて周囲に目をやるが、もとよりどこにもその姿はない。

(あやつ、一体何処《どこ》から話しかけておったのだ)

驚くと同時に、三郎兵衛は舌を巻いた。

お庭番の底知れぬ能力の、まだほんの一端しか、自分は知らない。果たして、命のあるあいだにすべてを見知ることができるのか。

(なんにしても、長生きはするものだな)

苦笑とともに思いつつ、三郎兵衛は再び歩みをはじめた。

もう急ぐ必要もないので、その歩みはゆったりとしている。

坂を上りきった先――目的の寺までは、もうあと二、三十歩といったところだろう。

凩ではないが、ふと吹きすぎる一陣の風は思いの外《ほか》冷たく、晩《おそ》い秋の気色《けしき》が濃厚に香《かお》っているようだった。

# 第一章　火種《ひだね》

## 一

「常陸下館藩《ひたちしもだて》だと？」

三郎兵衛は、当然の如く鸚鵡返《おうむがえ》しに問い返した。

「下館藩？」

更に繰り返すことで耳に馴染みの薄い藩名を一旦《いったん》舌の上にのせ、懸命に咀嚼《そしやく》する。

（また、聞いたこともない藩の話か。いやだなぁ）

と思っていよう本心はとりあえずひた隠しつつ、

「ご譜代《ふだい》だな」

ゆっくりと、まるで様子を窺《うかが》うような注意深い口調で言った。

それは、或いは断定するようでもあり、或いは是非を問うようでもある。要するに、自信のないことを口にするときによくやる手だ。

それ故三郎兵衛は、言ってから、上目づかいに相手を盗み見る。

「如何にも、ご譜代にございます」

そんな三郎兵衛の心中を容易に察しつつ、稲生正武《いのうまさたけ》は鷹揚《おうよう》に頷《うなず》いた。

「藩祖・水谷正村《みずたにまさむら》は天正《てんしょう》以前より御神君に仕《つか》え、甲斐《かい》攻《ぜ》めにも供奉《ぐぶ》された古参の者にございます」

「水谷？……下館藩の領主は石川《いしかわ》某だと言うたではないか」

三郎兵衛は遠慮がちに訝《いぶか》しむ。

柄《がら》にもなく遠慮がちにならねばならぬほど、三郎兵衛には自信がなかったのだ。

最前《さいぜん》七つ前、下城の際に、

「よろしければ、我が家にて暫時《ざんじ》ご休息なされませぬか」

と稲生正武から誘われたときには、軽く酒でも馳走になるつもりで気軽に立ち寄った。

なにやら城中ではできぬ話がしたいのだろうということも薄々わかっていたから、

（このようなときこそ、吉原《なか》へでも連れていけばよいものを。……気《き》の利かぬ奴め）

三郎兵衛は内心激しく舌打ちしながら、表猿楽町《おもてさるがくちょう》の稲生屋敷を訪れた。

座敷に通されるなり、茶菓が運ばれてきたことにあからさま不機嫌な様子を見せて押し黙っていると、すぐに酒肴《しゅこう》が出た。

「六ツの鐘が鳴ったというのに、客に茶を出すというほうがあるか」

三郎兵衛はもとより遠慮などしない。

注《つ》ぎかけようとする若い侍女の手から酒器を奪い、手酌で注いでは忙《せわ》しなく呷《あお》った。

「実は松波様――」

稲生正武は唐突に口火を切った。

「近頃、常陸下館藩主・石川総陽《ふさはる》に、けしからぬふるまいあり、とお庭番の報告がございまして」

という言葉を、だが三郎兵衛は、うわの空で聞き流した。肝心の藩主の名は、ろくに聞き取れなかった。それ故の、自信のなさであった。

「左様、石川家が下館の主人となってから、まだ五年ほどしか経っておりませぬ」

そして、三郎兵衛の反応にはお構いなく、稲生正武は話を進めてゆく。

「そもそも藩祖の水谷氏は寛永《かんえい》十六年備中《びっちゅう》に移封《いほう》になり、その後水戸《みと》様のご長男・頼重《よりしげ》公が入られたり、三河西尾《みかわにしお》から増山正弥《ますやままさみつ》が入ったりと、まあ、頻繁に出入りがありましてな……元禄《げんろく》十六年、五代様の側近であった黒田直邦《くろだなおくに》殿が、常陸真壁《まかべ》、下野《しもつけ》芳《は》賀郡《がぐん》内で一万五千石を領した上で下館城に入ったのでございます。直邦殿は、それ以前、武蔵足立《むさしあだち》・比企《ひき》・入間《いるま》の三郡内で一万石を領有しておりましたが、城を持ちませなんだ故、五代様が格別のおはからいで、下館城の城主となされました。さりながら、享保《きょうほう》八年に奏者番兼寺社奉行となり、享保十七年には五千石を加増されて上野沼田《こうずけぬまた》に移されました。そのあとへ、石川総茂《ふさしげ》が伊勢神戸《いせかんべ》より入部したのでございます。現当主の播磨守《はりまのかみ》総陽は、この総茂の養子でございます」

「…………」

いつ果てるとも知れぬ稲生正武の言葉を、三郎兵衛は黙って聞いているしかない。

（どうでもよいわ）

と思っていよう内心など、僅《いささ》かもさとらせぬよう、表情には細心の注意を払いながら。

「石川家の祖は、かつて御神君の側近であった石川数正《かずまさ》にございます」

「それくらい、存じておる」

三郎兵衛はさすがに憮然とする。

譜代の中でも、特に古参の者を、安祥《あんじょう》譜代、岡崎《おかざき》譜代、駿河《するが》譜代などと呼んで区別するが、石川数正はまさに、その最古参の安祥譜代にほかならなかった。

幼き日の家康《いえやす》が今川《いまがわ》家の人質となっていた頃から、近侍《きんじ》として仕えている。

当然、直参でその名を知らぬ者はない。

「これは失礼仕《つかまつ》りました」

稲生正武は反射的に頭を下げた。

その様子が、如何にも板についていて、三郎兵衛はさすがにムッとした。

易々と掌《てのひら》で転がされているような心地がする。

「爾来《じらい》、石川氏の立場が微妙であることもご承知かと存じまするが――」

稲生正武の言葉に、三郎兵衛は無言で頷いた。

そんな譜代中の譜代ともいえる石川数正であったが、天正《てんしょう》十三年、何故か唐突に徳川家を離れ、豊臣《とよとみ》家に仕えた。

このときの数正の翻意については諸説あるが、未だ判然としていない。

ともあれ徳川の宿敵である豊臣家に仕えた数正は当初河内《かわち》に八万石を与えられ、その後小田原《おだわら》征伐の恩賞で信濃松本《しなのまつもと》を賜《たまわ》り、十万石余を加増された。

その後数正は豊臣家の家臣として亡くなったが、数正の息子の康長《やすなが》と康勝《やすかつ》は関ヶ原《せきがはら》の合戦で東軍に味方して徳川家に帰参した。そのため石川家は関ヶ原以後、外様《とざま》の扱いをうけている。

もっとも、数正の息子たちは、姻戚関係にあった大久保長安《おおくぼながやす》の不正に連座して改易されているから、享保十七年に伊勢神戸より転封されて下館藩主となった石川総茂は傍系であろう。

外様の扱いではあるが、その子孫は必ずしも冷遇されてはいない。その証拠に、江戸からも程近く、比較的豊かな土地の領有を任されていた。

そのことを、内心小面《こづら》憎く思いつつも、

「だが、ご譜代とはいえ、どうせ、また、陣屋しかないような弱小藩であろう?」

三郎兵衛は至極ぞんざいに問い返した。

「一万石そこそこの小藩でなにが起ころうと、どうでもよいではないか。……一万石の小藩が、仮に幕府転覆を企《たくら》んで謀叛を起こしたとて、なにほどのことができようか? なにもできぬわ」

「それがしの話を聞いておられなかったのですか、松波様?」

「え? な、なにがじゃ?」

不意に顔を顰《しか》めた稲生正武の厳しい口調に、三郎兵衛は戸惑う。

「たったいま、五代様は、腹心の黒田直邦殿に城を持たせんがために下館を賜ったと申し上げたではございませぬか」

「そ、そうか。……ああ、そうだったな」

うわの空で聞き流していたことが露見して、三郎兵衛は忽《たちま》ち居心地の悪い顔になる。

「それ故、下館藩は歴とした城持ち大名でございます、松波様」

「ああ、歴とした城持ちじゃ」

「下館藩は歴とした城持ち大名で、石高も、なんやかやで二万石以上三万石未満はございます」

駄目押しのように繰り返してから、

「決して、吹けば飛ぶような小藩ではございませぬ」

稲生正武は、淡々と言葉を継いだ。

「わ、わかった」

三郎兵衛は、稲生正武の口から途切れもせず溢れ出て来る言葉に、容易《たやす》く気圧《けお》される。

「下館は小藩ではない」

「そのうえ下館は江戸からも近く、その気になれば一日にしてご府内に到るも可能な、関東の要衝でございます。それ故、代々ご譜代に任されてきたのでございます」

「ああ、そのとおりじゃ」

「そのご譜代の下館藩の藩主が、箸《はし》にも棒《ぼう》にもかからぬ大うつけである上に、日々遊興にうつつを抜かしておるというのでございますから、これは由々《ゆゆ》しき問題ではございませぬか、松波様」

「…………」

「どう思われまする?」

「ゆ、由々しき問題だ」

仕方なく答えたものの、正直なところ、まるで興味は湧かなかった。

石川家は、ご譜代とは名ばかりの裏切り者の末裔だ。三万石余を有する城持ち大名なのかもしれないが、その名を聞かされても全くピンとこない。

通常、素行が悪く、数々の悪行が世間に知れ渡っているような藩主であれば、その悪評は多少なりとも人の噂にのぼるものだ。

だが、三郎兵衛は未だ石川総陽という大名の名を耳にしたことがなかった。

(世間にもろくに名を知られておらぬほどの小者であれば、多少素行が悪くとも、害はあるまい)

というのが、三郎兵衛の本音だ。

何代も世襲が続けば、大名でも旗本でも、多少出来の悪いのも生まれるようになる。俗に旗本八万騎といわれるが、この当時、お目見え以下の御家人を除く旗本当主の数は約五千人前後。その中には、ろくに読み書きもできぬ者がいるということも、三郎兵衛は知っている。

仮に当主が無能でも、有能な用人がついていれば、その家は安泰なのだ。大名家とて、同じようなものだろう。

大目付の職に就いて、数ヶ月。

稲生正武が勿体ぶって持ち込んでくる話はどれも、三郎兵衛にとってはどうでもよいような案件ばかりだった。

見ず知らずの他人の家の事情に首を突っ込んでも、鼠《ねずみ》一匹出て来そうにない案件に、三郎兵衛は正直辟易している。

いまとなっては、町奉行のときのような華々しい大捕物が懐《なつ》かしかった。

それ故、つい本音を口走ってしまった。

「しかし、悪さといっても、せいぜい家臣や腰元を相手に悪ふざけをするくらいのものだろう。別にかまわぬではないか。無邪気なものじゃ」

「悪ふざけですめば、よろしゅうございます」

稲生正武の顔つき口調は変わらぬが、気分を害しているであろうことは容易に察せられた。

「されど、石川総陽めは、領地が江戸に近いのをよいことに、参勤でもないのに屢々《しばしば》微行《おしのび》で江戸に参っておるらしいのでございますぞ」

「なに？」

「大名が、上様の許しもなく江戸に出入りするなど、言語道断でございます」

「まさか」

「お庭番に調べさせましたので、間違いございませぬ」

「なんのために、危険を冒して江戸に参るのだ？」

「知れたこと。吉原あたりで豪遊するために決まっておりましょう」

「なに、吉原だと？　そんなことのために？」

三郎兵衛は思わず目を剝いて問い返す。

「一国の大名が、参勤以外で上様の許しもなく勝手に御府内に入れば、最悪の場合、当主は切腹の上、御家断絶だぞ」

「もとより、そんなことは、百も承知でございましょう」

「御家断絶ともなれば、家臣とその家族たちが路頭に迷うことになるのだぞ」

「かれこれ四十年ほど前にも、後先考えず軽挙に走り、御家を潰してしもうた愚かな藩主がおりましたな」

「…………」

「彼《か》の藩主とて、さすがに殿中にて刃物を手にする際には、多少なりとも、妻子や家臣らの顔が頭を過《よぎ》ったと思いまするぞ」

「なにが言いたいのだ、次左衛門《じざえもん》」

「おそらく、下館のたわけ殿は、まるでそのようなこと、眼中にはございますまいかと存じます」

無感情に淡々としていた稲生正武の口調は、いつしか詠嘆口調に変わっている。

三郎兵衛より二十も若い稲生正武には、松の廊下の刃傷沙汰《にんじようざた》とその後の浪士討ち入りにはさほどの思い入れもないが、三郎兵衛の胸中を慮《おもんぱか》ることはできる。軽々しくそのことを口にすれば、或いは三郎兵衛は激昂し、最悪拳固《げんこ》をくらうことになるかもしれない。

「ともあれ、このまま見過ごしにはできませぬ」

それ故稲生正武は、うっかり地雷を踏みかけたことを後悔しつつ、そそくさと話題を変えた。

が、稲生正武の思惑とは裏腹、三郎兵衛はさほどそのことへの思い入れはない。一刻も早くこの話題に終止符を打ちたい一心で、

「それで、その下館のたわけ殿を、どうしようというのだ？」

仕方なく、問い返した。

「え？」

唐突に問い返されて、当然稲生正武は戸惑った。

「儂らが二人がかりで説教でもして、行いを改めさせるのか？」

「…………」

「まさか、密かに始末するつもりではあるまいな？」

「…………」

稲生正武は答えない。

答えないということは、即ち図星《ずぼし》の可能性が高い。三郎兵衛は当然気色《けしき》ばむ。

「おい、うつけ殿を始末して、御家断絶にするのか？……数万石のご譜代を取り潰すとなれば、大勢の家臣が扶持を失うことになるのだぞ」

「わかっております」

稲生正武は漸《ようや》く答えた。

「総陽には、未だ嫡子《ちゃくし》がおりませぬ」

「なんだと！」

では、お取り潰し決定ではないか、と逆上した三郎兵衛が口走る前に、

「それ故、養子をとらせまする」

落ち着き払った口調で、稲生正武は言った。

「なるほど、養子か」

三郎兵衛は一旦矛《ほこ》を収める。

腹黒いことでは人後に落ちぬ稲生正武だが、まさか相役の三郎兵衛を自邸に招き入れて大名暗殺の相談をしようとは思えなかった。なにより、そこまで悪謀《あくぼう》の片棒を担《かつ》ぐ間柄になったおぼえもない。

「既《すで》に話を進めておるのか？」

「はい」

稲生正武は当然頷く。

「実は、その件につきましては、石川家の江戸家老を通じて密かに打診させておるのでございます。……しかるべき養子を定めて家督を譲り、総陽には隠居させる。……如何でございます？」

「なるほど……いや、まあ、それが妥当であろうな」

三郎兵衛は納得した。

稲生正武とて、なにも好き好んで事を荒立てたくはあるまい。関東の片田舎の名も無き譜代を取り潰したところで、彼にはなんの得もない筈だ。

（そもそもこやつは、己の利にしか興味のない男だ）

そう思って安堵しかけたところに、

「ところが、納得せぬ者どもも、おるのでございます」

稲生正武は再び問題を提起した。

「なんだと？」

「家中には、実はうつけ殿を支持する者もおるのでございます」

「……………」

「そやつら……その最たる者が国家老なのでございますが、藩主・総陽は、まだ四十にもならぬ若年であり、心身も壮健であるから、この先実子が生まれぬということはあり得ぬ。しかるに、いまから養子をとるなど、言語道断であると……」

「国家老が、そう申しておるのか？」

三郎兵衛は問い返す。

「養子には絶対反対だとぬかしておるそうでございます」

「その国家老は、総陽がうつけだということを知らぬのか？」

「…………」

直截《ちょくせつ》すぎる三郎兵衛の言葉に一瞬間絶句してから、

「存じておるからこそ、でございます」

落ち着いた声音で、稲生正武は答えた。

「なに？」

「うつけなればこそ、己の意のままに操《あやつ》れると踏んでおるのでございます」

「ろくな者ではないのう」

「まこと、ろくな者ではございませぬ」

「だが、己の一存で主君をすげ替えようなどと企む江戸家老もろくなものではない」

「いや、それは……」

「つまり、ろくでもない国家老とろくでもない江戸家老が、対立しておるということか？」

「さすがは松波様、いつもながらのご炯眼《けいがん》にございます」

「ここまで聞かされれば、三つ児でもわかるわ」

腹立たしげに言い返してから、やや口調を改め、三郎兵衛は言う。

「しかし、要するに御家騒動ではないか」

「そういうことになりますか」

という他人事《ひとごと》のような返答を聞いた途端、それまで稲生正武の迫力に気圧《けお》されて遠慮がちだった三郎兵衛の表情に力が戻った。

「どういうつもりだ、次左衛門。江戸家老一味に加担して、いまの藩主を隠居させるなど、大目付の職務を逸脱しておるぞ」

「いいえ、それがしは、そうは思いませぬ」

三郎兵衛の強い表情に対しても、稲生正武は珍しくきっぱりと言い切った。

「なに？」

「どう考えても、江戸家老らの申すことはもっともでございます。うつけ殿がなにか問題を起こす前に隠居させれば、御家は安泰。……それを阻もうとする国家老の一派は、主家に弓ひく叛徒《はんと》にほかなりませぬ」

（こやつ……）

とりつく島もない稲生正武の言い草に圧倒されたわけではなく、三郎兵衛はしばし黙ってその顔に見入った。

(これか)

と、漸《ようや》く、稲生正武の魂胆を察することができたのだ。

稲生正武は、常に、己の損得のみでこの世のすべてを判断している男だ。江戸家老派に与《くみ》すれば、己にとってなんらかの旨味があるからこそ、彼らに力添えをしようとしているに違いない。

では、その旨味とは、一体なんなのか。

「下館藩の江戸家老から、いくらもらった？」

「…………」

稲生正武は僅かに顔色を変えた。

当たらずと雖《いえど》も、遠からず、といったところか。

「一体なんの話でございましょう」

空惚《そらとぼ》ける言葉つきにも、最前までの元気がない。

「なんの目的があってのことかは知らぬが、大名家の御家騒動に首を突っ込むなど、感心せぬのう」

しばし無言で思案した後、三郎兵衛にしては珍しく説教臭い言葉を吐いたことは、稲生正武にとっては全くの誤算であった。

この種の案件は、三郎兵衛の最も好むものだと踏んで協力を要請するつもりが、思うように話を運べなかったことを、思い知らされた。

すべては、松波正春という男に対する、稲生正武の認識不足にほかならない。

このところ、芙蓉《ふよう》の間《ま》で顔を合わせる限り、二人の関係は概《おおむ》ね良好であった。ときには、力を合わせて事に当たったこともある。

が、だからといって、三郎兵衛が稲生正武に対して完全に心をゆるしているわけではないのだということを、稲生正武本人は夢にも思わなかった。

三郎兵衛の性格からいえば寧《むし》ろ、表面的に友好を保っているときほど、その相手に対して警戒を強めている。一度《ひとたび》疑った人間を金輪際《こんりんざい》信用しないのが、《まむし》の末裔たる三郎兵衛の流儀だ。

「どうも、それがしの話し方がよくなかったようで、松波様におわかりいただけなんだのは残念でございます」

これ以上押し問答を重ねても埒《らち》があかぬと判断したのか。やがて諦めたように稲生正武は述べた。

「折角お立ち寄りいただきましたのに、ろくなおもてなしもできず、申しわけございませぬ。……次回お招きするときには、松波様の好物を用意しておきまする」

小賢《こざか》しくその場を取り繕《つくろ》うとする稲生正武に、

「そうだな。次は、吉原の揚屋《あげや》にでも一席設《もう》けろ。きれいどころが揃えば、少しはまし な酒席になるぞ」

三郎兵衛が軽く悪態をついたことで、この日の二人の酒席は無事終了した。

（やれやれ……どこまでも扱いにくい爺《じい》じゃ）

屋敷の門まで三郎兵衛を見送った後、稲生正武は座敷に戻り、渋い顔つきで飲み残 した酒を飲んだのだった。

二

一方三郎兵衛は、屋敷に戻るなり、お庭番の桐野を奥の居間に呼びつけた。

呼びつけるといっても、門を潜《くぐ》る際、ただ小声で宙に向かって、「桐野」と呟《つぶや》くだけでいい。それだけで、桐野は、気づけば居間で寛《くつろ》ぐ三郎兵衛の側《そば》に来る。

来るなり、

「頼みがある」

とも言わず、三郎兵衛はいきなり話を切り出した。即ち、常陸下館藩とその藩主についての話だ。

桐野は慣れているから黙って聞いている。

そして、三郎兵衛の話を聞き終えるなり、

「下館藩主の石川総陽でございますか」

いつもどおりの顔つき口調で、静かに問い返した。

年齢性別不詳の不思議な容姿をしているが、最早《もはや》三郎兵衛はそれを穿鑿《せんさく》しようとは思わない。

その優しげな顔立ちを見る限り、腕の立つお庭番というより、よくできた賢妻と話しているかのように錯覚する。それくらい、近頃は桐野に狎《な》れたのである。

「調べればよいのでございますか？」

伏し目がちで唇を殆ど動かさず、桐野は重ねて問うた。

念のための、確認である。

近頃では、本来の身辺警護の任務を離れても、三郎兵衛の言いつけに従うことについて、なんの疑問もいだかなくなっている。お庭番としては些《いささ》か問題だが、いまの自分は、松波正春の配下なのだと思うことで、己を納得させていた。

「藩主の身辺を調べるのでございますか？　それとも、藩内の動きを探るのでございますか？」

桐野の入念な確認は続く。

きちんと言葉にして確認しておかねば、わからぬこともある。

「或いは、最終的に藩主の命を奪うおつもりでございますか？」

「…………」

三郎兵衛は絶句し、思わず桐野を見返した。

「眼目《がんもく》を明らかにしていただけますと、ありがたく存じます」

「眼目は……」

言いかけて、だが三郎兵衛はしばし戸惑った。

自分でも、なにがしたいのか、よくわかっていない。とりあえず、稲生正武の小賢しい魂胆を曝《あば》きたい、ということだけは、はっきりしている。

「殺すべき人物かどうかを、調べてほしい」

少し考えてから、三郎兵衛は述べた。

「石川総陽とはどういう人物か。正真正銘の愚物なのか。下館藩の家中の者たちは、殿様に対してどういう感情をいだいておるのか。……それを知った上で、どうするかを決める」

「左様でございまするか。……承《うけたまわ》りました」

三郎兵衛の言葉を聞くなり、軽く目礼して去りかける桐野を、

「桐野」

三郎兵衛は呼び止めた。

「それほどに、違うものか？」

そして、問うた。

「は？」

「ただ調べるのと、最終的に殺すのと、なにが違うのだ？」

ふとした興味であった。

「それは……」

今度は桐野が考え込んだ。

少しく首を傾げてから、

「予《あらかじ》め殺すことが決まっている場合は、手を抜きます」

悪びれもせずに、桐野は答えた。

唇の端が僅かに弛《ゆる》んだのは、微《かす》かに破顔《わら》ったためらしい。

「手を抜くだと？」

三郎兵衛は少しく眉を顰める。

「はい。何《いず》れ殺すと決まった者のことを、それほど深く知る必要はございますまいかと存じまする」

「…………」

三郎兵衛はしばし言葉を失った。

桐野の顔は、最早優しい賢妻のものではない。冷酷なお庭番の顔にほかならなかった。

「ところで、申し遅れましたが、以前殿のご身辺を探っておりました者共《ものども》、下館藩の者でございました」

冷酷なお庭番は淡々と言葉を次《つ》ぐ。

「なんだと？」

三郎兵衛の顔色は瞬時に変わる。

「何故いままで黙っておったのだ」

「少し脅しましたところ、『実は大目付様にお願いの儀があり、その機会を窺《うかが》っておりました』と白状いたしまして、その後現れることもなくなりましたので、敢えてご報告はいたしませんでした」

「そうか」

些か釈然としないものは残ったものの、三郎兵衛は物わかりよく頷いた。桐野の判断であれば、疑う必要はない。

「そういえば——」

音もなく立ち去ろうとする桐野を、だが三郎兵衛は再度呼び止めた。兎《と》に角《かく》、なんでもいいから、別の質問をしたい。ただそれだけの理由だった。

「近頃勘九郎《かんくろう》めはどうしておる？　しばらく姿を見ておらぬが」

「銀二《ぎんじ》殿と、市中を探索しておられるようでございます」

間髪《かんはつ》容《い》れず、桐野は即答する。

「そうか」

一旦納得し、再び口を開こうとしたときには、だが桐野の姿は既に消えていた。それ以上なにか問われても答えたくないのだろう。

「去ったか……」

無意識に独《ひと》りごちてから、三郎兵衛は深く嘆息し、且《か》つ瞑目《めいもく》した。

# 三

「勘九郎はまだ帰らぬのか？」

もう十日以上、朝餉《あさげ》にも夕餉にも顔を見せていない孫のことを、その朝漸く三郎兵衛は訊ねた。

「え、わ、若…でございますか？」

その途端、黒兵衛は眼を白黒させて口ごもる。

「なにを空惚けておるか。常日頃から、あやつが三日も屋敷に戻らぬと血相を変えておるのはお前のほうではないか、黒兵衛」

なにやら煮えきらぬ様子の黒兵衛を、三郎兵衛は厳しく追及した。

三郎兵衛とて、自分より年長の老爺《ろうや》に厳しくなどしたくはない。だが、この老爺だけは、たとえこの世の終わりがきたとしても絶対に死なぬと思っているから、いくらでも厳しくなれる。

「…………」

「どうした？　帰っておらぬのか？」

「いえ……」

「帰っておるなら、何故顔を見せぬのだ」

「それはその……」

「なんだ？」

「若は……」

黒兵衛は忽ち顔を伏せて言い淀む。

「どうしたというのだ？」

三郎兵衛が執拗に黒兵衛を問い詰めるのは、たんなるいやがらせに過ぎない。銀二と連《つる》んでいるのであれば必要以上に心配することはない。が、黒兵衛はおそくそのことを知るまいから、何日も屋敷に戻らぬ勘九郎の身を、三郎兵衛以上に案じていることだろう。

それ故三郎兵衛は素知らぬふりで黒兵衛に訊ねる。

「おい、黒兵衛、まさか、本当に屋敷に戻っておらぬのではあるまいな？」

「い、いえ、断じてそのようなことは……お屋敷には戻られておられる筈で……」

「筈、だと？」

「いえ、戻ることは戻っておられます……、戻っておられますが……」

「なんだ？」

「その……生憎《あいにく》、お加減が……」

「加減が、どうした？」

「少々お加減が……」

「病《やまい》か？」

三郎兵衛は箸を置き、目を剝いて黒兵衛を睨む。

「なんの病だ？」

「そ、それは……」

「何故答えられぬ？　答えられぬほど、タチの悪い流行病《はやりやまい》かなにかか？」

「いえ、滅相もない……」

「ならば、何故答えぬ」

「た、たいしたことはあるまいかと……」

「何故それをうぬが決めるのじゃッ。たわけめッ」

と黒兵衛を一喝《いっかつ》した声音に嘘はなく、本気で孫の身を案じる祖父のものにほかならなかった。

「まさか、医者には診《み》せたのだろうな？」

「いえ、それはまだ……」

「なに！　診せておらぬのか？」

思わず腰を浮かしかけたときには、黒兵衛に対する嫌がらせの気持ちなど、すっかりなりをひそめている。

「さっさと医者に診せぬか、たわけがッ。なにかあってからでは遅いのだぞッ」

大音声で、叱責した。

「………」

黒兵衛はその場で項垂《うなだ》れたきり、口を閉ざした。

一見、恐懼《きょうく》のあまり、声も発せられぬようにも見えるが、それほどしおらしい老爺ではないということを、三郎兵衛は熟知している。

それ故恐懼ではなく、ただ口を噤《つぐ》んでいるのは、なにか余程の秘密を隠匿してのことなのだ。

「うぬは、儂の目を盗んではなにかとあやつを甘やかし、あのようなろくでなしにしてしまったな。その上此度《こたび》は、あやつを殺す気か？」

それ故三郎兵衛は少しく声を落とし、口調を変えた。そうすると、言葉に悲愴感が生じ、黒兵衛もさすがに本気で恐縮する。

「め…滅相もございませぬッ」

「あのようなろくでなしでも、この松波家の、ただ一人の後継《あとつ》ぎだぞッ」

「どうか、お許しを……」

「許せるわけがないであろうッ」

「あ…あわわわ……」

額を、畳の縁に叩きつける勢いで平伏した黒兵衛の口からは、遂に意味不明の音声が漏れだした。

いよいよ追いつめられた、そのときである。

「もう、それくらいにしとけよ、祖父《じい》さん」

つと襖《ふすま》が開き、黒兵衛の吐き出す謎の音声を、若く凛《りん》とした声音が凌駕《りょうが》した。

「年寄りを虐《いじ》めるなんざ、悪趣味が過ぎるぜ、祖父さん」

「儂も年寄りじゃ」

些か憮然として三郎兵衛は応じる。

勘九郎が、実の祖父を差し置いて黒兵衛を庇《かば》うのが気にくわない。

「労《いたわ》るのであれば、先ず己の祖父を労らぬか」

言いざま勘九郎を顧みて、

「…………」

即ち、三郎兵衛は絶句した。

「なんだ、その顔は――」

「なにって……」

別人かと思うほど、満面が青黒く腫《は》れあがっている。

「一体、なにがあったのだ？」

何者かに、ひどく殴られたことは間違いない。

「黒兵衛、貴様、このことを知っていて、儂に黙っておったのか」

「は…はぁ……そ、それは……」

「だから、黒爺を責めるなって。祖父さんには黙っててくれと、俺が頼んだんだから」

別人の顔ながら、述べる言葉は間違いなく勘九郎のものだ。

「勘九郎、お前……」

しばし呆気にとられてから、気を取り直して三郎兵衛は言う。

「一体何処《どこ》でなにをしてきたのだ？……その顔、なにをやらかせば左様な仕儀となるのだ？」

「ほら、そうやって大騒ぎするだろ。……だから、祖父さんには顔を見せたくなかったんだよ」

不貞腐《ふてくさ》れたように言いつつ、勘九郎は三郎兵衛の前に腰をおろす。

「黒兵衛、なにをしておる。早く勘九郎の膳《ぜん》を持ってこぬか」

三郎兵衛が命じるのと、

「いいよ。腹は減ってない」

勘九郎が首を振るのとが、ほぼ同時であった。

「なんだ、二日酔いか？　いい若い者が、情けないのう」

「祖父さんの目は節穴か？　この面《つら》だぜ。口の中がズタズタで、飯なんか喉《のど》をとおらないよ」

「なんだと！」

三郎兵衛は再び顔色を変えた。

「たわけが。一体なにをしでかせば、そのような情けないざまになり果てるのだ」

「………」

「ったく、飯が食えなければ体が弱ってしまうではないか。黒兵衛、いますぐ医師を呼んで参れッ」

「いいよ。嘘だよ」

祖父の剣幕に気圧される形で、勘九郎は慌てて否定した。

「生憎《あいにく》打ちどころが悪かったらしくてこんな派手な面になったけど、実際には、そんなにひどくやられちゃいないよ。……俺を、誰の孫だと思ってんだよ」

「まことか？」

「ああ、まことだ」

「まことに？」

「まことだよ。くどいな、祖父さん」

「まことならば、飯は食えよう」

「ああ、飯も食えるし、酒も飲めるよ」

「酒はしばらく控えておけ」

「ああ、そうするよ」

「それで、まことに飯を食うか？　食わねばうぬの言葉など金輪際信用できぬぞ」

「わかったよ。食うよ。食えばいいんだろ」

観念したように勘九郎は言い、三郎兵衛は直ちに黒兵衛に問う。

「おい、黒兵衛、聞こえたか？」

「はい、ただいま」

いつもと変わらぬ口調で応えたときには、黒兵衛は既にその場に立ち上がり、静かに後退《あとずさ》ってゆくところだ。

「すぐに若の御膳をお持ちいたしまする」

恭《うやうや》しく言いおくと、そそくさと部屋を出ていった。

その軽やかな足どりを見る限り、老齢故に衰えているとは、到底思えない。すると、先日通夜の日時を覚えていなかったのは、うっかり忘失していたわけではなく、三郎兵衛に対する故意の嫌がらせではなかったかと疑いたくなった。

食事を終えた勘九郎が箸を置くのを、三郎兵衛は根気よく待った。

咀嚼《そしゃく》するとき、何度も顔を顰めていたから、口の中が痛むのは本当なのだろう。それでも、祖父にそれ以上心配をかけまいと、勘九郎は懸命に平気な風を装い、飯を食べた。

食後に出された熱そうな茶には、さすがに手を出しかねたが。

「それで、一体なにがあったのだ？　お前がそれほどの不覚をとるとは、珍しいではないか」

「…………」

三郎兵衛の問いかけに、勘九郎はしばし答えを躊躇《ためら》った。

自らの失態を進んで語りたい者はいない。

三郎兵衛はなお根気よく勘九郎の口が開くのを待った。

「銀二と二人で、一体なにを探っておったのだ？」

それでもなお重いその口を開かせるために、三郎兵衛は問うた。

「その……急に羽振りがよくなった奴はあやしい、っていうだろ」

勘九郎は仕方なさそうに口火を切る。

「まあな」

「それでこのところ、銀二兄《にい》と二人で吉原に入りびたってたんだ。急に羽振りがよくなった奴が遊びに来てないかと思って……」

「毎晩か？」

三郎兵衛は少しく眉を顰めた。

「勿論、軍資金には限りがあるから、専《もっぱ》ら格子女郎《こうしじょろう》をひやかしたり、安めの揚屋《あげや》で一杯ひっかけながら、他の客の話を聞いたり……」

「それは、銀二の知恵か？」

「ああ」

「それで？」

「でも、吉原で聞き込みすることには、銀二兄は、あんまり乗り気じゃなかったんだ」

「何故だ？」

「諸事倹約のこのご時世に、急に羽振りがよくなったからって、わかり易く吉原で豪遊するような間抜けな悪人はいないだろう、って」

「なるほど、もっともだな」

三郎兵衛は大いに納得した。

「さすがは銀二だ」

という言葉は咄嗟《とっさ》に呑み込んだが、そのとき、勘九郎の表情は明らかに曇った。

「それでも、銀二兄は俺につきあってくれたんだ。……まあ、根気よく張り込んでれば、なにか探り出せるかもしれねえだろう、って」

「お前、そんないい加減なやり方で……」

「仕方ないだろ。このところ、火盗《かとう》とか奉行所の密偵が総出で盗賊の探索をしてるみたいで、下手《へた》に市中をうろついてると、こっちが目を付けられそうだったんだ」

「だったら、おとなしくしておればよいのだ。お前たちになにか頼みたいことがあれば、こちらから申し付けると言ったであろう」

「…………」

不満げに口を閉ざした勘九郎の心中くらい、三郎兵衛にはお見通しである。

銀二と意気投合した勘九郎は、彼と連んでの市中探索が楽しくて仕方なくなっている。三郎兵衛が命じたわけでもないのに、相変わらず勝手な真似をしているのだが、それについては、最早諦めた。一度面白い玩具を与えられた子供が、如何に取り上げようと試みたところで、素直にそれを返すわけがない。

しかし、三郎兵衛には子供扱いされていようと、勘九郎にすれば立派に一人前のつもりである。三郎兵衛が、いつまでたっても、銀二のことしかあてにしていないらしいのが気にくわない。

そのため三郎兵衛は、

「だいたい銀二も銀二だ。暇を持て余しておると、ろくなことを考えぬな」

殊更《ことさら》厳しい口調で、独りごちるように言った。

「吉原に首を突っ込むなど、言語道断《ごんごどうだん》じゃ」

確かに、大門《おおもん》をくぐればそこは別天地ともいうべき吉原は、あらゆる悪の温床であるといえた。

どんな者が潜《もぐ》り込んでいるかわからぬし、いつ何処で、誰が殺されておらぬとも限らない。なにが起こったとしても、それが外に漏れることはない。見世《みせ》の主人も、吉原の番人といわれる忘八《ぼうはち》たちも、己らにとって都合の悪いことは全力で隠す。門番所の同心に破格の袖の下を渡しておきさえすれば、殊更騒ぎだてされることもない。

表の世界とは一線を画する独自の掟《おきて》の前には、ときに御公儀の権力ですらも無力と化す。そのことを、町奉行時代の三郎兵衛はいやというほど思い知らされた。

それ故吉原の怖さは、誰よりもよく知っている。

「それが、いたんだよ」

「ん?」

勘九郎の唐突な言葉に、三郎兵衛は戸惑う。

「見つけたんだ」

「なにをだ?」

「決まってんだろ。思いきり、あやしい奴だよ」

「あやしい奴?」

「ああ、このご時世に、吉原で豪遊するような野郎がいたんだよ」

「なに？」

三郎兵衛は瞬時に表情を引き締めた。

「地方から出て来た商人を装ってたが、たぶん嘘だ」

「何故わかる？」

「全然商人らしくなかったし、なにより、お供の者たちもみんな、町人に姿を変えてはいたが、ありゃあ、武士だ」

「なんだと？」

「町人のふりして吉原で遊ぶ武士。……な、思いきり、怪しいだろ？」

「ふむ」

三郎兵衛はやや表情を弛めると、脇息に凭《もた》れて寛いだ姿勢になった。

しばし黙って勘九郎の話を聞こうという、無意識の体の反応であった。

四

大門を入ってすぐの釣瓶《つるべ》蕎麦《そば》屋の店先から、ひきも切らずに入ってくる人々の列を眺めていた。

既に六ツを過ぎたので、見世《みせ》すががきの三味線《しゃみせん》の音がそこいらじゅうから鳴り響いている。

張《はり》見世の格子の中には、既に遊女たちが並んでいるだろう。いまのところ馴染みの妓《おんな》はいないが毎日のように覗いているから、どの見世にどんな妓がいるか、めぼしい遊女の顔は見知っている。

だがいまは、妓たちの顔よりも、もっと見定めねばならぬことがある。

「あっしはちょいとそこいらを見てきやす。一刻したら、交替しましょう」

言いおいて、銀二は去った。

余所目《よそめ》には、世間知らずの武家の若様を吉原に誘った悪達者の地回りが、若様を連れ込むための見世に話をつけに行ったように見えるであろう。

名物の釣瓶蕎麦を食べようともせずに、勘九郎は大門から入ってくる者たちをじっと観察し続けた。

観察していると、さまざまな事情を知ることができる。

即ち、どの男の懐《ふところ》が豊かで、どの男が貧しいか。どの男が生粋《きっすい》の江戸っ子で、どの男が殿の参勤にくっついてきた浅葱裏《あさぎうら》か。

毎日飽きずに眺めていれば、そんなことまで、一目でわかるようになる。銀二からは、そう習った。

一目見て、というわけにはいかないが、注意深く観察すれば、それが、分限者《ぶげんしゃ》か素《す》寒貧《かんぴん》か、女を買いたがっているかどうかくらいはわかるようになった。

たとえ襤褸《ぼろ》を纏《まと》った微行《おしのび》姿でも、日頃から贅沢《ぜいたく》に慣れている者は顔色もよいし、不安な様子が微塵《みじん》もみられない。

逆に貧乏人がたまさかあぶく銭を得て遊びに来たのだとしても、日頃大金を手にしたことがないから落ち着きがなく、目があちこち泳いでいる。

（いやな奴が来た）

その男と彼の取り巻きの一団を一瞥《いちべつ》したとき、殆《ほとん》ど反射的に勘九郎は思った。

一団の長と思《おぼ》しき者だけが大店《おおだな》の主人風の大島《おおしま》の着流し、それ以外の者たちは皆、ほぼ同じ色合いの藍弁慶《あいべんけい》を身に纏っていた。町人髷《ちょうにんまげ》を結ってはいるが、どう見ても、商家の手代という風情ではない。目つきの鋭い、顔つきの険しい者が多く、まるで地回りの若い衆《し》といったところだ。

が、上等の大島を着た三十がらみの男には、親分の風格はない。かといって、商家の主人にも見えず、得体の知れないあやしさだけがあった。

（ああいうのが案外、盗っ人一味の頭《かしら》だったりするんじゃないのか？）

勘九郎は当然訝《いぶか》った。

(尾行《つ》けてみるか)

と思い、腰を上げかけたとき、銀二が戻ってきた。

「見世に話をつけてきました。行きましょう、若」

周囲に聞こえる声で言い、勘九郎の先に立って歩き出す。

勘九郎一人では心許《こころもと》なく思えたのだろう。勘九郎にとっては些か心外だったが、仕方ない。

「な、なあ、本当に花魁《おいらん》は来てくれるんだろうな?」

「ええ、ええ。万事話はついてますから」

「本当だろうな?」

あやしい客引きに摑まった間抜けな若様のていを装いながら、勘九郎は銀二のあとに続いた。

六ツを半刻も過ぎれば、吉原の仲ノ町《なかのちょう》の通りは人で溢れかえっている。

すががきの音と人の話し声とが混然ととけ合い、吉原独特の喧騒を引き起こしていた。

(え?)

勘九郎は思わず銀二の袖を引く。

謎の男たちの向かう先が、ぼんやりわかりはじめてきたためだ。

（まさか……）

と疑うほどもなく、男たちは一軒の大見世の前で足を止めた。

すると忽ち、見世の中から若い衆が数人飛び出してきて、恭《うやうや》しく客を招き入れる。

相当な上客として、出迎えられたのだ。

（あいつら、三浦屋《みうらや》に登楼《あが》るのか？）

三浦屋は、吉原でも一、二を争う最上級の見世である。

名妓の大名跡である高尾太夫《たかおだゆう》を抱え、高尾めあての大名がひきも切らずにやってくる。当然、客として登楼れるのは、武士なら万石取りの大名・旗本、商家ならば紀文《きぶん》や奈良屋《ならや》といった正真正銘の豪商くらいなものである。

その三浦屋の常連客として、あまりに相応《ふさわ》しくない連中が、当たり前のように招かれるのを、悪夢を見る思いで勘九郎は見つめていた。

「どういうわけだ？」

「こりゃあ、いよいよあやしゅうござんすね」

銀二も当然訝しんだ。

「どうもこうも、あっしらじゃあ、大見世に登楼ることもできませんし、こうして外で見張ってるしかねえでしょう」

「どうする?」

「………」

銀二の言葉にしばし沈黙した後、

「出て…来るだろうか?」

躊躇《ためら》いがちに、勘九郎は問い返した。

「え?」

「泊まるかもしれない」

「ああ、そうですね」

勘九郎の指摘に、銀二もしばし考え込む。

「しかし、まだこの時刻ですし、めあての妓に他の客がついていたりして、大門が閉まる前に帰ることもあり得ます。ギリギリまで見張りましょう」

考えた挙げ句に、至極まともな意見を述べた。

果たして、銀二の意見は現実となった。

例のあやしい男たちは、大門が閉じてしまう四ツ前にそそくさと楼《ろう》を出た。

（何でだ？　折角三浦屋に登楼ったのに、泊まらずに帰るだと？）

勘九郎は甚《はなは》だ訝しんだが、世の中には、折角花魁と馴染みになりながらも同衾《どうきん》せずに酒ばかり飲んでいた朴念仁《ぼくねんじん》もいたことを思い出し、余程の物好きなのだろうと己を納得させた。

楼を出た男たちは、そのまま真っ直ぐ来た道を戻り、大門に向かう。

四ツを過ぎると大門は閉ざされ、外と中の出入りはできなくなる。再び門が開くのは夜が明ける明《あけ》六ツ過ぎだ。

だが、通りの行灯《あんどん》には終夜明かりが灯《とも》されている。遊女の足抜けを監視するためでもあり、身の安全を守るためでもある。

しかし、昨今の倹約令のためか、天水桶と交互に置かれた行灯の、二つに一つは灯を落としていた。

幸いその晩は降るような星月夜であったため不都合はなかったが、もし闇夜であればあたりはかなり暗く、或いは遊客の懐を狙う盗賊などもかなり入り込んでいたかもしれない。

（あいつら、本当に帰るのか）

大門を出ていく男たちのあとを、当然勘九郎らは尾行した。夜が更《ふ》けぬうちに帰ってくれるのは、彼らにとっては実はありがたい。何処の何者なのか、今夜中に調べがつくからだ。

朝帰りになった場合、寝ずの番になるため、正直しんどい。

大門を出て衣紋坂《えもんざか》を過ぎ、右に折れて、日本堤《にほんづつみ》を谷中《やなか》方向に進んでいく。

四ツを過ぎて吉原に向かう者もいなくなり、既に人波は疎《まば》らであるため、尾行には注意しなければならない。迂闊《うかつ》に近づきすぎれば、忽ち相手に気取られてしまう。

田圃《たんぼ》道には明かりが少ないが、幸い星月夜で足下は明るい。しかし男たちには心許《こころもと》ないのか、提灯《ちょうちん》を手にしていた。

(頼りない連中だな。夜目がきかないとは)

思うともなく思った瞬間、突如行く手を遮《さえぎ》る者が出現する。

言うまでもなく、三浦屋から出て来た男たちの行く手を、だ。

(すわ、刺客《しかく》!)

勘九郎が認識するのと、刺客と男たちのあいだに斬り合いがはじまるのとが、ほぼ同時であった。

襲ってきたのは侍風体《ふうてい》の者たちが全部で五名。迎え撃つ側の人数はそれよりやや多いが、町人風体であるため、刀を所持していない。大刀と、匕首《あいくち》や短刀では、刃の長さのぶん、どうしても大刀側に利があった。

そのため、迎え撃つ側は劣勢で、見る見る土手際《どてぎわ》まで追いつめられる。

（どうする？）

土手の柳に身を潜《ひそ》めながら、勘九郎は銀二のほうを顧みた。

（………）

驚いたことに、銀二は勘九郎のほうなど一顧だにせず、反射的に懐の匕首を握っている。

（そうか。こういうときは、兎《と》に角《かく》、劣勢なほうに味方するべきだな）

そうと覚れば、勘九郎の行動は早い。

疾風の足どりで走り寄り、走り寄りざま、抜刀していた。

ざしゃッ、
ズシュ……

駆けつけるなり、勘九郎が先ず為したのは、この期に及んでも未だ、町人姿の何人かが手にしていた三浦屋の提灯を叩き斬り、あたりを暗闇にすることだった。

「わぁッ」

「な、なんだ!」

敵と味方の両方から、驚きの声があがる。

唐突な闇が、更なる混沌《こんとん》を招いたことは間違いない。

だが、ときを同じくして銀二も乱入し、侍のほうを一人二人と倒してゆく。銀二の手筋は道場のようなところで学んだものではなく、実戦の中で身につけられたものなので、その動きは全く読めない。

(負けるかッ)

勘九郎も夢中で刀を振るう。

(とりあえず、こいつらの頭《かしら》と思われるあいつを助けよう)

瞬時に判断すると、闇中を苦もなく進む。

勘九郎が目指す男は、二人の敵から同時に振り下ろされる切っ尖を間一髪躱《かんいっぱつかわ》しつつ、尻餅をついた状態でジリジリと後退している。

「おい」

勘九郎は音もなく忍び寄ると、
低くその男の耳許に呼びかけた。

「………」

意外にも、男は闇の中でも勘九郎の視線を平然と受け止めた。

刺客に襲われ、さぞかしおろおろしているだろうと思ったのに、存外落ち着いた様子であった。

「そなたは誰だ？」

「え……」

問いかけられて、勘九郎は焦った。

焦りつつも、男の頭上を襲う刃を撥ね、背後にまわり込んだもう一人の刺客の鳩尾《みぞおち》へ思いきり肘を突き入れる。

「ぐっ…ふぅ」

そいつは、前のめりに倒れ込み、そのまま蹲《うずくま》った。

「見かけぬ顔じゃが、新しい刺客か？」

自らが救ってやったその男から問われて、だが勘九郎は絶句した。

(阿呆《あほう》なのか、こいつ――)

目の前で自分を救ってくれた者に向かって真顔で問う言葉ではない。

しばし無言で刺客の相手をしていたが、つと、銀二が慌てた様子で近づいてきた。

「まずいぜ、若」

「どうした？」

「鉄砲を持った者がいます」

「え？」

「なんだと！」

勘九郎とその男とは、ときを同じくして驚いた。

銀二には、火薬の臭いを嗅ぎとる能力がある。

いまのところ、戦況は停滞していて、太刀を手にした侍五人を擁しながら、敵は目的の男を攻め倦《あぐ》ねている。さほど強そうには見えなかった藍弁慶の男たちも、匕首や短刀でよく凌いでいた。

腕がなまくらである上、あまりやる気のない刺客だと思ったが、どうやら彼らは皆の注意を引き付けるための囮《おとり》であったらしい。即ち、後詰《ごづ》めに鉄砲の用意があることを気取られぬための——。

「ほおぇ〜、今度は飛び道具まで持ち出すとは、いよいよ本気かのう」

だが、狙われているご当人は、いたって暢気《のんき》な反応を見せる。鉄砲と聞いて、驚いたのは一体なんだったのか。

（なんだ、この野郎は——）

その場に立ち上がりざま、大きく伸びをする男の袂《たもと》を、勘九郎は咄嗟《とっさ》に掴むと、

「おい、さっさと隠れろ」

その体を強引に柳の幹影へと押し込んだ。

風は川上から吹いてくる。

鉄砲の後詰めを潜ませるなら、当然風下であろう。その方向を確認した上で勘九郎は注意深く身を処したのだが、
ズガァーンッ、
銃声が四方に鳴り響き、すぐ傍《そば》を、銃弾が掠《かす》める気配がした。

「若ッ」

弾かれたように、銀二が叫ぶ。

叫ぶとともに、その体を軽捷《けいしょう》に舞わせ、勘九郎のすぐ側《そば》まで跳んだ。

「あぶねぇ！」

銀二の叫び声は耳朶《じだ》に響いた。

次の瞬間、勘九郎の体は虚空を舞っている。銀二が渾身《こんしん》の力で突き飛ばしたのだ。

「お、おい、なにすんだよッ」

慌てる暇もなく、勘九郎の体は己の意に反して高く飛んだ。

「うわぁーッ」

短い叫び声はほんの一瞬鳴って、闇に消えた。消えたとき、勘九郎の体は大川に落ちている。

一瞬間、己の身になにが起こったか理解できず、

（ふぐッ……）

鼻と口から水が入ってきて息が止まりそうになったとき、無意識に、

（死ぬ）

と思った。

しかる後、意識は殆《ほとん》どなく、体が勝手に反応してくれたようである。幼少の頃、三郎兵衛によって厳しい水練の手ほどきを受けていたことが、このときほど役立ったことはあるまい。勘九郎は夢中で四肢を動かした。

どれくらいのあいだ、そうしていたのか、わからない。

気がついたときには陸《おか》にいて、ぶるぶると寒さにうち震えていた。

「その顔じゃ目立ってしょうがないから、しばらく屋敷に戻ってろ、ってさ」

話し終えると、やや不貞腐《ふてくさ》れたような口調で勘九郎は言った。

「確かに、その面で歩きまわっては、密偵の役目など果たせぬのう」

笑いを堪《こら》えて言い返してから、だが三郎兵衛はふと首を傾げた。

「しかし、川に落ちてそのような顔になるとはのう、奇妙なことよ。……川底に打ちつけでもしたのかのう」

「さあ、落ちたときのことはよく覚えてねえよ。……銀二兄、思いきり突き飛ばしてくれたからなぁ」

「それで、肝心の狙われていた者共はどうなったのだ？」

「さあな、どうにか逃げたようだぜ」

「鉄砲で狙われたのにか？」

「下手《へた》くそだったんじゃねえの」

川に落とされたことが余程無念だったのだろう。投げやりな憎まれ口ながらも、勘九郎の口調には元気がなかった。

(下手な鉄砲も数撃ちゃ当たるものだ。……もし本当に逃げおおせたとすれば、大方、他の者たちも皆、川に飛び込んで難を逃れたのであろう)

三郎兵衛は確信したが、敢えて口には出さなかった。

勘九郎の話がすべて真実ではないということなど最初からわかっていたし、それを指摘すれば、虚偽の部分を追及することになる。それは、あまりに忍びない。

（おそらく、川に落ちただけではあるまい）

確かに、水に不慣れな者がいきなり飛び込むと、川底の石などに顔面から激突することも充分あり得る。

だが、気を失っていたなら兎《と》も角《かく》、水練の心得のある勘九郎ならば、いくら不意に突き落とされたとしても、すぐに体勢を立て直した筈である。

（大方、川に落ちる前に、誰ぞに殴られたのであろう）

三郎兵衛に似て見栄っ張りなところのある勘九郎は、己が殴られた話など、金輪際《こんりんざい》人前で披露しないだろう。

「で、逃げた連中が何処の誰なのか、銀二はつきとめたのか？」

「さあな」

三郎兵衛の問いに、勘九郎は相変わらず投げやりな返事しかしない。

「俺はこうやって屋敷にいるんだから、知るわけねえだろ」

何の役にも立たず、早々に戦線を離脱した己のことが、我ながら腑甲斐《ふがい》なく、いまはもうそれ以上、話をしたくないのだろう。

（もうそろそろ一人前になったかと思えば、相変わらずじゃ）

幼児のように拗《す》ねた孫を、内心満更でもない思いで見据えながら、

「まあ、よい。しばらく家で、養生しておれ」

笑いを堪えて三郎兵衛は言った。

（銀二ならば、万事上手《うま》くおさめただろう）

と思っていよう心中は、もとよりひた隠しておく。もし知れば、いま以上に拗ねて、三郎兵衛とは当分口をきいてくれなくなるかもしれない。それはいやだった。

# 第二章　宿痾《やまい》

## 一

「おい、おぬしーー」

人混みの中で不意に呼び止められたが、勘九郎は足を止めなかった。

その声に、聞き覚えがあったからにほかならない。一度聞いた声なら、金輪際忘れない。それ故敢《あ》えて黙殺したのだ。

時刻柄、路上には人が溢れている。足を止めればその流れに支障が生じる。

人混みの中で立ち話をするほど、周囲に迷惑なことはないだろう。それ故勘九郎は足を止めずに歩を進め続けた。

それに、ところは広小路《ひろこうじ》の人混みだ。日も暮れかける中、人違いなど珍しくもない。

あれから数日、顔の腫《は》れは既にひいているが、薄暗がりの人混みの中ではっきり人を見分けるのは至難の業《わざ》だろう。

それ故無視して立ち去れば、人違いしたと覚《さと》って諦めるかと思ったが、

「おいおい、そりゃつれなかろうよ」

未練がましい男の声音は、執拗《しつよう》に勘九郎を追ってくる。

（なんなんだ、この男は。こんな人混みで大声をあげて、正気の沙汰とは思えぬ）

勘九郎は本気で逃げ出したくなった。

「おーい、待て待て。何故逃げるんじゃ」

その無遠慮な呼び声から逃れようと、勘九郎は先を急ぐ。

「おーい、そこのお人ッ。待てというのに」

「もし、そこのお方――」

すると、男に促された供《とも》の者が、猛然と勘九郎を追ってくる。

「しばしお待ちくだされ」

近くで声をかけられることを嫌い、勘九郎は一途《いちず》に足を速めた。

無論、本気ではない。本気で足を速めれば忽《たちま》ち人波に紛れてしまいそうになるが、そこは巧みに歩調を弛《ゆる》め、尾行者を、こちらの思うまま誘導する。

勘九郎とて、本気で男を避けるつもりはないのだ。

だが、何処《どこ》で誰が見ているかわからない人混みで声をかけられたときは、見知った相手であれ見知らぬ相手であれ、兎に角知らぬふりをしてやり過ごす。

もし執拗についてくるようなら、人目につかぬところまで導き、そこで話を聞く。

勘九郎ははじめからそのつもりだった。

祖父の目を盗んで遊び歩いた広小路は、いまや自邸の庭のようなものだ。どの路地に入ればどの通りに出られるか、ちゃんと把握している。

(そろそろいいか)

と判断すると、手近な路地に素早く飛び込む。

当然、つけてきた男もそのあとに続く。

飛び込んだ途端、そこに足を止め、振り向いた勘九郎とまともに顔を合わせることになる。

「…………」

当然相手は一瞬間虚《きょ》をつかれ、絶句する。

「俺になにか用か?」

わざとぞんざいな口調で勘九郎は問うた。

町人風体をしていても、相手は武士だと承知の上で、だ。

「あ、主人《あるじ》が、先日のお礼がしたいので、是非お招きいたして一献《いっこん》さしあげたい、と申しております」

「先日の礼だと？」

勘九郎は思わず相手を睨む。

忽ち険しい表情になったのも無理はない。

三郎兵衛が睨《にら》んだとおり、勘九郎の話には些《いささ》かの虚偽があった。

いや、虚偽といえば語弊《ごへい》がある。勘九郎は嘘偽りを述べたわけではない。ただ、真実をありのままには告げなかっただけのことだ。

町人風体の男たちが刺客に襲われた際、勘九郎はすかさず加勢に入った。

勿論、大刀を持たぬ弱者のほうに加勢しようとしたのだ。

ところが、勘九郎を刺客の一人と勘違いした供の男から、無茶苦茶に反撃された。

短刀を握った拳《こぶし》が何度か勘九郎の顔面を襲った。

（痛ッ）

勘九郎は閉口《へいこう》したが、やり過ごした。結局、その折の一撃が甚《はなは》だしい腫れの原因になったのだろう。

「敵と味方の区別もつかんのかッ」

勘九郎はたまらず一喝《いっかつ》し、

「殺すぞ、てめえッ」

そいつの腕を掴んで捻《ひね》りあげた。

そこへ、切っ尖を突き入れてくる刺客がいたため、勘九郎はすぐ手を離し、その切っ尖を思いきり刃で叩いた。

キイイイン、
と派手な音をさせながら、切っ尖から十寸くらいが折れて高く中空に跳ぶ。

「若ッ」

そこへ、銀二が駆け込んできて、

「鉄砲を持った者が二人、川下《かわしも》からやってきます」

わざと周囲の者にも聞こえる音量で告げた。

「なんだと！」

勘九郎が顔色を変えるのとときを同じくして、確かにそのとき、その男も顔色を変えた。

一瞬間、ふざけた薄笑いが面上から消え、隙のない表情になった。

（この男……）

勘九郎は注意深く男を観察した。

提灯《ちょうちん》は叩き消したため、刺客側も慌てていて、なかなか目指す相手を見つけられないようだった。しかし、勘九郎は夜目がきくうえ、お誂《あつら》えの星月夜である。

真顔になると、男は存外整った顔立ちをしているように見えた。少なくとも、人に傅《かしず》かれることに馴れた者の顔つきだ。

（物腰も…言葉つきからしても、矢張《やは》り武士なんだろうな。……さては、大旗本の放《ほう》蕩《とう》息子あたりか？）

勘九郎は咄嗟《とっさ》に考えたが、首を捻っている暇はなかった。銀二ほどではないにしろ、勘九郎にもある程度火薬の臭いは識別できる。確かに、発砲寸前の鉄砲が近づきつつあった。

だが、

「ひゃっひゃっ……」

男の表情が引き締まって見えたのはほんの一瞬のことで、すぐにまたヘラヘラした薄笑いの表情に戻ると、

「鉄砲まで持ち出すとはのう……」

まるで他人事《ひとごと》のような戯言《ざれごと》をほざく。

「おい――」

勘九郎は男を強引に柳の幹影へ押し込むと、

「その様子じゃ、敵が、何処の誰だかわかってるみたいだな」

耳許《みみもと》に低く問うた。

「さあのう……知っておるような知らぬような……よくわからんのう」

「てめえ、ふざけんなよ」

のらりくらりとした男の言葉にカッとなり、思わずその胸倉を摑みかけたとき、
ズガァーッ、
弾丸が、すぐ耳許を掠《かす》めていった。

「まずいな」

「うひょひょ……このままでは、当たってしまうぞえ」

「ああ、もう面倒だ。飛び込みましょう、若」

銀二に促され、勘九郎は迷わず飛び込んだ。

尾行していた行きがかりから、つい助けに入ったものの、助けようとした相手は、底無しのうつけだった。もうこれ以上、関わり合いになりたくないし、鉄砲の的にな

るのも真っ平だ。

勘九郎に続いて、銀二も川に飛び込んだ。

「待ち伏せされたら面倒です。少し先まで行ってあがりましょう」

「ああ」

銀二に促されるまま、しばし川下に向かって泳いだ。

季節柄、水の冷たさは泳ぎに適しているとは言い難かったが、我慢して泳いだ。

（あんな奴らに関わるんじゃなかった）

と思ったところで、あとの祭りである。

陸《おか》にあがってからもしばらく、勘九郎は言葉を発さなかった。

あの連中に目をつけたのは勘九郎だ。銀二も一応賛成してくれたが、それほど乗り気ではなかった。

そもそも銀二は吉原を探索することに、乗り気ではなかった。勘九郎の顔を立て、仕方なくつきあってくれただけである。

「いつまでもそんなとこにいると、風邪をひきますぜ、若」

銀二から声をかけられてもすぐには応える気になれなかった。

なにも、口にすべき言葉がなかったのである。

これに懲《こ》りたら、当分屋敷でおとなしくしていていろ、よがしのことを銀二に言われ、顔の腫れがひくまでは仕方なく家にいた。

腫れがひいたので、再び銀二と合流すべく屋敷を出たのだ。だが、銀二を見つけるより先に、己が見つかってしまった。

「ご同道いただけますか?」

「え?」

供の者に促され、勘九郎は漸《よう》く我に返った。

「あ……ああ」

険しい表情が、忽ち弛《ゆる》む。

相手が、人の好い顔つきをした若者だと気づいたためだ。

「我が主人が、酒席を設け、貴方様をお待ちしております」

「貴殿らの主人とは?」

表情こそ弛めたが、問い返す口調は厳しい。

「あの晩、お助けいただいた者にございます」

「はて、何処の何方《どなた》であろうか?」

「………」

「何処の誰ともわからぬ御方に馳走になるわけにはゆかぬ」

「それは……それがしの口からはお答えしかねます」

困惑しきって、供の者は答える。

家臣の立場であれば、当然だろう。ペラペラと主人の名を告げてしまったのでは、微行の意味が全くなくなる。

「で、ですが、直接主人に問うていただければ……」

「そうか。それも、そうだな」

勘九郎はすぐに納得した。

「では、ご同道いただけますか？」

「ああ、うかがおう」

不得要領《ふとくようりよう》に、勘九郎は頷《うなず》いた。

もとより、誘いに乗る気がなければ、はじめから足を止めてはいない。

(なんだ。吉原ではないのか)

案内された料理屋の座敷で、勘九郎は少なからず落胆していた。

「吉原には、美味《うま》いものがないと聞いたのでな。……この店の料理は美味いのだ」

言い訳がましく男は言い、自ら徳利のくびをとって勘九郎の猪口に注《つ》ぎかける。

「それは忝《かたじけ》ない」

不機嫌な口調で応えつつ、勘九郎は改めてその男の顔を見た。

如何にも遊冶郎《ゆうやろう》が好みそうな紺飛白《こんがすり》の棒縞《ぼうじま》の着流しで町人を装っているが、髷《まげ》までは気がまわらなかったのか、少し中途半端である。供の者たちも同様で、例によって、怪しい一団と化している。

が、当人は一向悪びれない。

「吉原に参るときは、いつもここで腹拵《はらごしら》えをしてから繰り出すのじゃ。さあ、遠慮なく食べてくれ、客人――」

「それがしは、斎藤甚三郎《さいとうじんざぶろう》と申します」

さり気なく名を訊ねられていると察し、仕方なく勘九郎は名乗った。

無論、本名を名乗る気など毛頭ない。適当にあしらい、適当に馳走になり、相手の正体でも探ってさっさとずらかるつもりであった。

「斎藤殿か……いや、甚さんでよいかのう？」

「お好きなように。……で、こちらは貴殿をなんとお呼びすれば？」

「おいおい、こちらは見てのとおりの町人風情じゃよ。……貴殿などと、そのように堅苦しい言葉を使わずともよいではないか」

（なに言いやがる。そっちこそ、ご立派な武家言葉を使ってやがるじゃねえか）

という本音を、勘九郎は辛うじて喉元《のどもと》で呑み込んだ。

目の前にいる、この得体の知れない男が一体何者なのかという興味が、完全に失せたわけではない。ただ、積極的に知ろうという気がなくなっただけだ。何故なら、大方の想像がついているから。

その男は、おそらく大身《たいしん》旗本の当主にして、ろくでなしの放蕩児。刺客は、彼を亡きものにせんとする者たち――即ち、家督を狙う二男か三男、或いは、御家の先行きを案ずる親類縁者あたりか。

何《いず》れにしても、骨肉の争い、というやつだ。

親も兄弟もいない勘九郎には、全く想像のできぬ愛憎劇である。

もし己であれば、実の兄や弟を手にかけてまで家督を継ぎたいなどとは、夢にも思わない。だが、思わないのは、所詮《しょせん》勘九郎が兄弟を持たぬが故のことだろう。実際にその立場に立たされてみなければ、おいそれとわかるものではない。

（なんにせよ、身内に命を狙われてるような野郎と、もうこれ以上関わりたかねえよ）

声を大《だい》にして言いたくなったとき、

「では、はるさんと呼んでくれ」

唐突に、男が言った。

「え?」

「儂のことじゃ。なんと呼べばよいか、訊ねたであろうが」

「ああ」

「だから、はるさんじゃ」

「はるさん?」

「おう、なんじゃ甚さん」

「………」

甚さんでもなければ、はるさんとやらと親しくなりたくもない勘九郎は、はるさんという男の馴れ馴れしさに閉口した。

本当は、こんな男と酒など酌《く》みたくないし、こんな酒席にも来たくはなかったが、三浦屋には是非一度登楼ってみたかった。我ながら意地汚いとは思うが、こんな機会でもなければ、あんな大見世に登楼れることは終《つい》ぞあるまい。

そんな思いで、つい誘いに乗ってしまった。

（考えてみりゃあ、三浦屋はあのときだけで、次もまた登楼れるとは限らないんだ。なのに、俺ときたら……）

勘九郎は心中おおいに己を恥じる。

「どうした、甚さん？」

「え？」

「なにやら浮かぬ顔をしているではないか。なんぞ、心配事でもあるのかのう？」

「いや、別に……」

勘九郎は気まずげに口ごもるが、

「では、飲んでくれ、甚さん」

はるさんは意にも介さず、強引に酒を勧めてきた。

「兎に角飲めよ、甚さん。……嫌いではないのだろう？」

「ま、まあ、それは……」

本心はどうあれ、酒を勧められて断る勘九郎ではない。

「では、頂戴します」

「おお、いい飲みっぷりじゃのう。……さ、もう一献」

「そう言うはるさんも、お好きな口でしょう。ささ、ご返杯……」

「いや、これはどうも、忝《かたじけ》ない」

「いえいえ、こちらこそ」

「では、もう一献——」

「頂戴します」

などということを数回繰り返しているうちに、勘九郎にもほどよく酔いがまわりはじめる。

酔いがまわれば、勘九郎の蟠《わだかま》りなど、忽ちほぐれて消えてゆく。

「愉快じゃのう、甚さん」

「愉快ですなぁ、はるさん」

「はははははは……」

「うはははは……」

「もっと飲むか、甚さん？」

「ええ、もっと飲みましょう、はるさん」

やがて二人は、すっかり意気投合してしまい、二十年来の知己の如くにうちとけていた。

「それじゃあ、先日の刺客の正体、はるさんにはわかってるんだな？」

「まあな」

「その……正体って、身内なのか？」

「ああ、身内だ」

すっかり酔いがまわってしまうと、はるさんの口は軽くなり、勘九郎の問いにも素直に答えはじめた。

「で、どうするの？」

「ん？　どうする、とは？」

「このままだったら、はるさんはいつか本当に殺されちゃうだろ」

「そうか？……んん、どうだろうなぁ」

「相手は鉄砲まで持ち出してるんだぜ。逃げられたのは、たまたま運がよかっただけだろ」

「そう…かもしれんなぁ」

「ったく、他人事みたいに……。殺されてもいいのかよ、はるさん」

「それは…いやかもしれぬ」

酔眼《すいがん》を見開き、はるさんは勘九郎を見返した。

「いや、殺されるのはいやだな」

「だったら、なんとかしないと！」

「どうすればよいのだ？」

「敵の正体がわかってるなら、こっちから殺しに行くって手もあるんだぜ」

「なんと！　こちらから行くというのか⁉」

「そうだよ。やってやるんだよ！」

「し、しかし、身内だぞ」

「それがどうした？」

「身内を殺すというのは、どうも……」

「おいおい、いい加減目を覚ましてくれよ、はるさん」

「なんじゃ、甚さん？」

「お互い様だと言ってんだよ」

「お互い様？」

「そもそも、身内を殺しに来てる時点で、そんな奴ぁ、身内じゃねえんだよ」

「なるほど、そういうものかのう」

はるさんはすっかり感心したように深く頷《うなず》く。

「感心してる場合じゃねえんだよ」

「すまぬ」

「別に、謝らなくていいよ」

「では、どうすれば？」

「だから、こっちから行ってやろうって言ってるだろうが」

「こっちから、行くのか？」

「ああ、こっちから行くんだよ」

「だが、返り討ちにあったらなんとする？」

「だから、俺が助太刀してやるよ」

「おお、甚さんの助太刀があれば百人力だ」

「だったら、こんなところでくすぶってねえで、これからすぐ行こうぜ」

「なに、これからすぐに？」

「ああ、善は急げって言うだろうが」

　腰を上げかけて煽《あお》る勘九郎に、だがはるさんは、

「それは駄目だ」

　ゆっくりと、首を振った。

「なんでだよ！」

「今宵はこれから、吉原へ行く約束であろうが」

「………」

勘九郎は即ち絶句し、きまり悪そうに腰を落とすと、襟《えり》を正して座り直した。

酔っぱらっているように見えても、一度交わした約束は忘れていない。はるさんのその律義さに、頭が下がる思いの勘九郎であった。

二

「間違いないのか？」

「はい。間違いありませぬ」

桐野の返答にはいつもながら淀みも迷いもなかった。

その迷いのない顔をしばし無言で三郎兵衛は見つめた。

「ふうむ……俄《にわか》には、信じられぬな」

暫《しばら》く考え込んでから、嘆息まじりに三郎兵衛は呟《つぶや》く。

「まさか、本当に、微行で江戸に来ておるとはのう。藩主の自覚がないのか？」

三郎兵衛の低い呟きを、桐野は無表情に聞き流している。

(御前《ごぜん》が真に驚くべきはそのことではありますまい)

と言いたい気持ちを、桐野は必死に堪えている。

だが、三郎兵衛とて、実はわかっているのだ。己が驚くべき事柄がなんなのかくらいは。それ故、敢えて別の話題を口にした。

それもまた、激しい動揺と混乱の為せるわざであった。

「それで、江戸屋敷にも寄りつかず、下館藩主は一体何処に寝泊まりしているのだ？」

「車坂下《くるまざかした》の旅籠《はたご》でございます」

「なに、旅籠だと？」

三郎兵衛はさすがに顔色を変えた。

「ほんの数人の供を連れただけで、下々《しもじも》の泊まる宿に泊まっているというのか？」

「………」

「命を狙われておるというのに、なんと放胆な——」

「狙われておるが故ではございますまいか」

「え？」

「微行で江戸入りしているのですから、藩士が起居する江戸屋敷からはできるだけ遠いところに泊まるしかありますまいかと――」

「それはそうだが……」

ぼんやり呟いてから、

「それで、今宵も勘九郎は、下館の御領主と……石川総陽と一緒なのか？」

漸く三郎兵衛はそのことに触れた。

「御意」

とは言わず、桐野は無言で頷いた。

それから、三郎兵衛の顔を真っ直ぐ見返して、

「但し、若は、一緒にいる相手が何者であるか、未だご存知ないかと存じます」

更に信じ難いことを告げた。

「…………」

三郎兵衛は無言で嘆息する。

「何処の誰ともわからぬ者を刺客から救おうとし、わからぬままともに酒を酌む。……如何にも、あやつらしいのう」

少しく口の端を歪めて三郎兵衛は言った。

その貌《かお》は、笑っているようでもあり、同時に深く嘆いているようでもあった。

「しかし、何故、斯様《かよう》なことが起こるのであろうな、桐野」

嘆声まじりの三郎兵衛の言葉に、桐野はすぐには答えなかった。

あまりに長く沈黙しているので、答える気はないのかと三郎兵衛が諦めかけたとき、

「なにも、不思議はないかと存じます」

例によって、ひどく素っ気ない言葉を、桐野は発した。

「なに？」

「若は元々、吉原に不審の者がおらぬかを探索しておられました。そこへ、明らかに不審な者が現れたのですから、これを追うのは当然にございます」

「…………」

「偶然とはいえ、両者が出会うたことには、なんの不思議もございませぬ」

「本気でそう思うのか、桐野？」

つと、猟鷹《りようよう》の如き眼《め》で鋭く桐野を見据えて三郎兵衛は問うた。

「確かに、吉原を探索中の勘九郎と、放蕩目的で吉原に出入りしている下館藩主が出会うたことに不思議はないかもしれぬ。だが、場所は吉原じゃ。不審な者など、他にも大勢いよう。何故、よりにもよって、最も危険な者と出会わねばならぬのだ？」

「それは……」

三郎兵衛の無茶な問いかけに、桐野はさすがに戸惑い、言葉を失った。

「おかしいとは思わぬか、桐野。儂は思うぞ」

「………」

「何故だ？」

三郎兵衛は再度問い、桐野は答えない。

そもそも、無茶を承知で口にしたのだ。仮に、問われたのが三郎兵衛のほうだとしても、答えられるわけもない。

(何故だ？)

もう一度自問し、三郎兵衛は途方に暮れた。

が、本人の思いとは裏腹、三郎兵衛の口の端は無意識に弛み、いつしか笑みが滲んでいる。途方に暮れる一方で、それを面白がる三郎兵衛がいた。

「どうやらあやつには……勘九郎には、望まずとも危《あや》うきに近づいてしまうという宿《しゅく》痾《あ》があるらしいのう」

「宿痾、でございますか？」

桐野は思わず問い返した。

「ああ、宿痾だ。但し、治る見込みのない、たちの悪い宿痾よ。……ただの病《やまい》であれば、何《いず》れ治癒することもあろうに」

「…………」

「困ったものじゃな」

長嘆息する三郎兵衛を、黙って見つめながら、

（なにも困ることはありますまい。御前が大目付の職を辞するときがくれば、若が危うきに近づくこともなくなりまする）

心中の言葉を口にしようか迷い、結局口には出さなかった。

その代わり、

「それほど、お案じになられることはないかと存じます」

三郎兵衛が再度長嘆息を漏らす寸前、すんでのところで、言った。

「ん？」

「若は、危うきに近づきながらも、難を逃れる才にも恵まれておられるようです」

「なに？」

「その証拠に、先日も、二挺の鉄砲から無事逃れておられます」

「それは……そうだが」

「若は、大丈夫でございます」

「それは、お庭番としてのそちの勘か？」

「はい」

桐野は小さく頷いた。

「そ…うか」

戸惑いながらも三郎兵衛は頷き、

「そう…なのだな」

しかる後、力無く同意した。

「はい」

「そうなのか」

桐野の答えに多少安堵はしたものの、依然として納得のゆかぬ顔つきであった。

到底、納得できるわけがなかった。

およそ半日のうちに下館藩の内偵を済ませた桐野は、その翌日には江戸に戻っていた。

なにしろ、肝心の調査対象が国許にいなかったのだ。

下館藩主の石川播磨守総陽は、桐野が下館に着く少し前、どうやら密かに城を抜け出したようだった。桐野が奇異に感じたのは、城中のあまりの静けさである。殿が不在だというのに、周囲の者たち――家老や、側近く仕える近習や小姓たちにいたるまで、慌てる様子がまるでない。

すべてを承知しているらしい影武者を殿の座に据え、平然と日常を続けられる手際のよさは、そんなことがこれまでにもたびたび行われてきたことの証左であった。三郎兵衛から予《あらかじ》め聞かされていなければ、桐野とて俄には信じ難かったかもしれない。

（とんでもない殿様がいたもんだな）

内心呆れ果てながら、桐野は江戸への帰路を急いだ。

参勤でもないのに勝手に国許を出奔《しゅっぽん》して江戸入りした殿様が一体何処に身を潜《ひそ》めるか。

（まさか、堂々と江戸藩邸に入るわけにもゆくまいが……）

上屋敷中屋敷と、ひととおりまわったが、無論殿様が滞在している様子はない。

しかし、試しに覗いた吉原で目指す相手を易々と発見したときは、喜びよりも驚きのほうが大きかった。

もとより、桐野は石川総陽の顔を知らない。

あてもなく吉原に足を踏み入れたことでは勘九郎とさほど変わりないが、その一行の奇妙な変装には一目で気づいた。

さり気なく近寄り、供の者たちが交わす言葉に常陸訛《なま》りがあるのを確認した。但し、その時点ではまだ相手の正体を完全に見抜いてはいない。

それ故根気よくあとを尾行《つ》けた。

(まこと、吉原で放蕩するために、勝手に領国を出て江戸入りしたのか？)

さすがに半信半疑であったが、長年大名というものを見馴れている桐野の目は誤魔化せない。

(供の者たちの足どりが心許《こころもと》ない。……あれは皆、城勤めに慣れた者たちだ。それに、町人を装うにしても、着物の着こなしがあまりにひどい……)

あきれる思いで見張るうちにも、殿様の一行に近づく者の影を見て、桐野は更に驚いた。

(勘九郎殿、何故だ)

その驚きは、三郎兵衛が感じたものとさほど変わらぬ類《たぐい》のものだった。

気性が真っ直ぐすぎて密偵にはあまり向いていない筈なのに、何かあるたび、気がつけばいつも、問題の渦中にいる。渦中にいながら自らはそのことを知らず、最も危うい橋を渡っている。

それは、まさしく、宿痾とでも呼ぶしかない類のものなのかもしれない。

(殿がお案じになるのも無理はない)

そんな宿痾を持ちながら、そのことにまるで気づいていないこの若者のことが、桐野は心底そら恐ろしくなった。

刺客の放つ鉄砲玉を避けて川に飛び込んだ勘九郎が、無事屋敷へ帰り着けるかどうか気になり、結局桐野は藩主とその配下の追跡を諦めた。但し、彼らが無事に逃れるよう、刺客は始末しておいたが。

それでも、勘九郎の顔の腫れがひくまで屋敷で養生していた二、三日のあいだに、桐野は下館藩主・石川総陽の江戸での潜伏先を突き止めた。寛永寺《かんえいじ》裏の車坂下にある、《よしだ》という古い旅籠であった。

万石取りのご譜代の領主が宿泊するにしてはあまりにも粗末な安宿であるが、当人たちの一向《いっこう》平気な様子を見る限り、或いは定宿なのかもしれなかった。

宿さえ突き止めてしまえば、他にはとりたてて為すべきこともない。どうせ彼らは、暮《くれ》六ツくらいまで宿にいて、暮六ツ過ぎから吉原に繰り出すのだ。

あとは、彼らをつけ狙う刺客の正体を探ることだが、それについては、下館城下に赴《おもむ》いた折の聞き込みから、大方の予想はついていた。

最も怪しい人物は、国家老の大熊内膳と敵対関係にある江戸家老の小平采女という男だが、実際、刺客の親玉はその小平采女であった。刺客の生き残りを捕らえて少し責めたら、簡単に口を割った。それも、金で雇われた者かと思えばそうではなく、生《き》っ粋《すい》の下館藩士のようだった。

(なんなのだ、この藩は)

大名家の内偵などいやというほどこなしてきている筈の桐野をして甚《はなは》だあきれさせたほど、下館藩の現状はひどいものだった。

藩主が愚劣である上、国家老と江戸家老が憎み合い、互いに相手を葬ろうと企んでいる。

(こんな愚物ばかりの藩を、後々まで残《のこ》す意味があるのか?)

政《まつりごと》にはなんの興味もなく、与えられた任務を淡々とこなすだけだった桐野が、つい疑問に思ってしまうほどに、お粗末な藩であった。

たとえ殿様が無能であっても、多くの大名はなんの問題もなく、国を治めている。

寧《むし》ろ、藩主が愚かであればあるほど、家老以下の家臣たちは有能にならざるを得ない。

そうやって、大名家は代々続いてゆく。

家を潰さないことこそが、歴代の藩主とその家臣たちに課せられた最重要の務めなのだ。藩主は、藩士とその家族の暮らしを守るためにだけ存在すればよい。

もっとも、それができずに取り潰される家は、これまでにもすくなからず存在したが。

(暗愚な殿を支えるべき家老どもが、啀《いが》み合い、足を引っ張り合うとは情けない。こやつら、御家そのものがなくなっても、かまわぬのか？)

三郎兵衛が果たしてなにを考えて桐野を遣わしたのか、桐野には慮《おもんぱか》る術《すべ》もない。彼なりの考えがあってのこととは思うが、今回ばかりは、いち早く江戸家老と結びついた稲生正武の判断が正しいのではないか、と思えてならなかった。

(あのうつけ殿を助けて下館藩を守るおつもりか？)

チラッと考えぬではなかったが、桐野はすぐに己の誤りに気づき、それ以上考えるのをやめた。

お庭番は、ただ主人の命《めい》に従っていればよい。考えるなどという面倒な作業は、命を下す者にだけ任せておけばよいのだ。

三

「こっちが如月《きさらぎ》、そしてこっちが葉月《はづき》じゃ」

男——はるさんは、左右に侍《はべ》らせた女たちを、自慢げに紹介した。

自慢するのも無理はないほど、二人とも器量がよい。

「どうじゃ、甚さん」

陶然と見蕩《みと》れる勘九郎の耳許に、不意にはるさんが囁《ささや》く。

「美しいだろう？」

「う、う…ん」

「どちらが好みだ？」

「さ、さあ……」

勘九郎は容易《たやす》く口ごもった。

粉黛《ふんたい》を目の前にして狼狽《うろた》えるほど初《うぶ》な小僧ではないつもりだったが、正直ちょっと平静を失っている。

（二人とも、すごい美形じゃないか）

いますぐどうこうできる相手ではないとわかっていながら、自分でも驚くほどに胸がときめいた。

「はは……若いな、甚さん」

そんな勘九郎の様子を軽く鼻先で嗤《わら》うはるさんの揶揄《やゆ》を怒る余裕もないほどに。

如月と葉月はやや顔を俯《うつむ》けつつ、ともに淡く微笑《ほほえ》んでいる。

花魁《おいらん》ではなく、振袖新造《ふりそでしんぞう》と呼ばれる若い妓女だ。馴染みの花魁が、生憎《あいにく》他の客に呼ばれて出払っているときなど、代理で遣わされる。まだ客をとらないことになっている娘たちなので、あまり長居はさせず、菓子など持たせて、さっさと帰すのが粋《いき》とされる。

それ故はるさんは、二人を、勘九郎に見せびらかすだけ見せびらかしてから、菓子と祝儀を持たせて座敷から下がらせた。

「あれで振新《ふりしん》とは勿体《もったい》ないだろう」

「ああ、勿体ない……」

「将来《さき》が楽しみじゃなあ」

「ああ、楽しみだ」

娘たちが去ってもしばらくは、勘九郎の心はここにあらぬ状態が続いた。

その夜、はるさんと名乗る男が勘九郎を連れて登楼したのは、三浦屋ではないが、三浦屋の遊女を呼ぶこともできる老舗の引手茶屋の座敷であった。

「花魁が来るまで、賑やかにやろうではないか」

女芸者、男芸者から幇間《ほうかん》まで呼んでの大宴会となった。

代理の新造が帰ってからも一刻以上が過ぎ、花魁は一向に現れる様子はなかったが、はるさんは全く意に介さぬようだった。

(ていよく袖にされたんじゃねえのか?)

内心小首を傾げつつも、いつしか勘九郎も賑やかな宴席を楽しんでいた。

宴は、その後も長く、ふた時以上も続いた。

(不思議だな)

だが、ときが経つにつれ、勘九郎は妙なことに気づいてしまう。

(なんだこの男、全然楽しんでないじゃないか)

「はっはっは……いいぞ、いいぞ。もっと踊れ! 踊れ!」

口では喧《やかま》しく囃《はや》したてながら、はるさんの目は、少しも笑っていないように見えた。

年の頃は、三十がらみ。育ちの好さ故、多少若見えしているとしても、未《ま》だ四十にはなっていないだろう。

軽口を叩き、ふざけた態度をとっているのに、その眼はどこか冷めていて、酒にもあまり酔ってはいないようだった。それなのに、酔ったふりをして、悪ふざけする。彼が心の底から愉しんでいないことは、まだ知り合ってまもない勘九郎の目にも明らかだった。

だが、自ら望んで遊興の場にいるというのに、本気で楽しんでいないというのは、一体どういうわけだろう。

冷めた横顔に話しかけようとした、まさにその瞬間、

「なあ、甚さん――」

視線に気づいたのか、はるさんのほうが、ふと勘九郎を顧みた。

「え？」

「甚さんには、親兄弟はおるのか？」

「どうして急に？」

不審に思って問い返す。

「それは……」

問い返されて戸惑ったのか、はるさんは少しく口ごもってから、

「先日一緒にいたお人は父上かと思うてな」

とってつけたようなことを言う。

「まさか」

勘九郎は軽く鼻先で笑いとばしてから、

「親も兄弟もいないけど、祖父《じじい》が一人と、祖父のような者が一人……」

つい正直に口走ってしまった。

「祖父のような者とは？」

「いや、まあ、要するに祖父だよ」

「その祖父殿とは、仲はよいのか？」

「仲がいいも悪いも、こいつがもう、ごちゃごちゃと口やかましいジジイで……」

思わず言いかけて、勘九郎はふと思い返した。

(そういえば、はるさんは自分の身内に命を狙われてたんだっけな)

ということが脳裏を過《よぎ》ると、気まずさで言葉が続かない。だが、はるさんは別に悪びれる様子もなく、

「親も兄弟もおらず、祖父殿と二人きりでは淋しかったであろうな」

勘九郎の心中とは全く別のことを言う。

「淋しい……？」

勘九郎は反射的に首を傾げた。

まさかそんなことを言われるとは夢にも思っていなかった。それだけではない。はるさんに言われてみて、はじめて気がついたのだが、親兄弟もなく、孤独に育った割には、世間が思うほど、「淋しい」思いをしたことがない。

淋しい思いをする暇もないほど、常に二人の爺の目が、勘九郎の周囲には光っていた。

（つまり、ジジイが、いてくれたおかげか）

今更ながらに勘九郎が思ったとき、

「悪かったな、甚さん」

勘九郎の沈黙を別の意味に受け取ったはるさんが、即座に詫びる。

「つまらぬことを言ってしまった。許してくれ」

不用意な己の失言が勘九郎を傷つけたと思ったのだろう。

「いいや」

勘九郎は首を振り、

「はるさんこそ、もういい加減にしたらどうだい」

強い語調で、話題を変えた。

「へ？」

「こんな放蕩三昧《ざんまい》を、さ」

「…………」

「身内に命を狙われるなんて、尋常じゃねえだろうよ」

「そうかな」

「そうだよ」

「…………」

「だいたいあんた、全然愉しんでねえじゃないか」

「そんなことはないぞ」

「誤魔化《ごまか》すなよ。本当は、花魁が来なくてホッとしてるんだろ。そもそも、妓女なんかに、はなから興味ねえんだ、はるさんは――」

「どうしてそんなふうに思うんだ。俺は、大の女好きだぞ」

「嘘だね」

「だから、どうして甚さんにそんなことが言えるんだ？」

「さっきの娘たち、手も握らずに帰したじゃねえか」

「振新は、まだ水揚げ前の生娘《きむすめ》だ。無粋な真似はせぬ」

「それは建前。中には、水揚げ前にこっそり客をとってる振新もいるぜ。なんたって、ここは吉原なんだからよう」

「…………」

「たいして楽しくもねえし、興味もねえのに、なんで色里になんか入りびたるんだよ？」

「…………」

はるさんは答えなかった。

酔いの醒めた顔で気まずげに口を閉ざしたきり、凭《もた》れた格子窓の外に視線を落としている。

「甚さんは、ここの娘たちが何故ここにいて、遊女をしているか、知っているか？」

「え？」

もう金輪際言葉を発してはくれないのではないか、というくらいの長い沈黙の後、不意にはるさんが問い、勘九郎は戸惑った。

「な、何故って、それは……」

「皆、親に売られたからここにいる」

「…………」

「飢饉や天災で食い詰めた貧家の者が、仕方なく、娘を売るのだ」

「そ、そればっかりじゃねえよ。世の中には、博打《ばくち》で借金作ったり、女遊びで身上《しんしょう》潰したりしたろくでなしの親父だっているんだぜ」

勘九郎は懸命に言い募った。はるさんの、尋常でない深刻顔が気にかかり、兎に角彼の言葉を全力で否定しようと試みたのだ。だが、

「しかし、食い詰めた農村の娘が、圧倒的に多い」

「………」

「さきほどの、如月と葉月だがな、常陸の生まれでな。同じ家に生まれ育った姉妹だそうだ」

「え？」

「娘を、二人も売らねばならぬ羽目に陥《おちい》らせるとは、領主が余程の暴君なのであろうな」

はるさんの口調は、いつしかすっかり武家言葉に戻っていたが、どうやら当人は、それにも気づかぬようだった。

（こいつ、一体何者なんだ？）

勘九郎の胸には、いつしか一つの疑問が萌《きざ》している。

大旗本の放蕩息子、という勘九郎の予想は、或いははずれているかもしれない。

そもそも、どれほど名門の旗本家とはいえ、その石高は一万石未満だ。一万石未満の御家欲しさに、江戸の旗本家の身内が、果たして骨肉の争いを繰りひろげるものだろうか。

(たとえば、俺に腹違いの兄貴か弟がいたとして、そいつらと松波家の家督を争うかと訊かれたら、俺はたぶん争わない)

勘九郎がなにか察しつつあることを覚ったのだろう。

「なんだ甚さん、すっかり酔いが醒めてしまったではないか」

はるさんはつと徳利のくびを摘《つま》むと、勘九郎の手に無理矢理猪口《ちょこ》を持たせて注ぎかける。

「醒《さ》めてしまっては仕方ない。さ、飲み直しじゃ」

「ああ……」

勘九郎は仕方なく、勧められるままに一杯二杯とあけていった。

だが、ひとたび疑惑が芽生えてしまうと、最早《もはや》最前までのような気分には戻れない。

即ち、多少の酒では、再び心地よく酔うことは難しそうだった。

# 四

五つ過ぎに茶屋を出たとき、既に路上の人影は疎《まば》らであった。

お歯黒《はぐろ》どぶを右手に見ながら西河岸《にしがし》を大門に向かって歩きはじめると、期せずして目があった者がいる。

通行人の一人とすれ違っただけのことなのに、それにしては鋭すぎるその視線が気になった。

(刺客かな?)

と察してはるさんのほうを窺うと、彼もなにかを感じたらしい。

「………」

例の隙のない顔つきになり、その場に佇立《ちょりつ》していた。

「なあ、はるさん」

勘九郎はすかさず声をかける。

「もう一軒、行かねえか?」

「何故だ? 酒はもういい、と言ったのは甚さんではないか」

「気が変わったんだよ。今夜は朝まで飲もうぜ」

「俺のことを気遣ってくれているなら、要らざる斟酌《しんしゃく》じゃぞ」

最早間抜け面で取り繕《つくろ》うこともせず、真顔のままのはるさんは言う。これには勘九郎も戸惑った。

「え？」

「俺をつけ狙ってる刺客なら、何処にいようと、こっちの都合なんざお構いなしに襲ってくるよ」

「いや、それでも、吉原《なか》にいる限りは、手出しできねえだろ」

「どうかな」

はるさんが少しく首を傾げたときだった。

もうあと数歩、歩を進めていたら、おそらく無事ではすまなかったろう。

どぉーがッ、
不意に激しい爆音が鳴り、目の前の天水桶が爆発したのである。

一瞬大きく火柱が立ちのぼり、だがすぐに潰《つい》えて燃えかすとなる。

「うわッ」

「ぎゃ！」

警護のため数歩先を歩いていた二人がまともに爆風を浴び、一、二間《けん》吹っ跳んだ。

爆音を聞きつけ、忽ち大勢の者たちが、茶屋や遊女屋から飛び出してくる。

「なんだ、なんだ」

「地震か？」

「馬鹿言え、火事だぜ」

「火事だと！」

「何処も燃えてねえじゃねえかよ」

「刃傷じゃねえのか」

「またどっかの阿呆が女に逆上《のぼ》せて刃傷沙汰かよ！」

「死人《しびと》は出たのか？」

「誰か、番所へひとっ走りして、八丁堀《はっちょうぼり》の旦那を呼んでこい」

「おう、ひとっ走り、行ってくるぜ」

指示する者の言葉に従い、すぐに何人かが、大門のほうへと走り出す。

（まずいな）

勘九郎は咄嗟に思った。

役人が駆けつけてくれれば、爆発のすぐ近くにいたはるさんの一行は、当然事情を訊かれることになる。その結果、なにやらあやしいと判断されれば、番屋に連れていかれて詮議をうけることになるかもしれない。

せめて、武士の風体をしていれば言い逃れる手立てもあろうが、なにしろ中途半端な町人風体である。先ずそこがあやしい。出自《しゅつじ》をあれこれ詮索されることになる。

（まずい……）

思うと忽ち、勘九郎ははるさんの袖をとった。

「怪我人を連れて、早くずらかろうぜ」

「ああ、そうしよう」

はるさんは素直に従った。

無傷の供の者四名は、言われずともすっかり心得ていて、すぐに倒れた仲間を助け起こす。

反応がよいのは助かるが、どうやら手際はあまりよくない。怪我人に肩を貸すのに手間取っている様子を見て、勘九郎がすかさず助けに入った。

「天水桶に爆薬を仕込んだ奴が、どっかで隠れて見てるかもしれねえ。落ち着いて、ゆっくり立ち去るんだ」

怪我人の一人を担《にな》いつつ、供の者たちの耳許に囁く。

「斎藤殿」

供の一人が、はじめて勘九郎に向かって言葉を発した。広小路の人混みの中、勘九郎を追ってきた者である。

「ん？」

「我らのことは、お気遣いなく。どうか、殿を――」

「おい、木下《きのした》」

言いかける若い男の袖を、すぐに別の男が引いて、強い語調で呼びかける。

何処の馬の骨ともわからぬ者に対して、何を言い出すのだという、古参故の思いだろう。

「ですが、穴山《あなやま》様、いまは殿をお守りすることこそが肝要。斎藤殿なれば、殿をお守りすることができまする」

「だからと言うて……き、昨日今日会うたばかりの御仁《ごじん》に……」

勘九郎に対して精一杯気を遣った言葉遣いをしているところをみると、杓子定規《しやくしじようぎ》な穴山某《なにがし》も、「殿」を守りたいという気持ちは木下と同じであろう。

両者の葛藤を一蹴《いつしゆう》するため、

「俺は、こう見えて公儀お庭番だ」

勘九郎は咄嗟に言ってのけた。

「え？」

木下と穴山は異口同音に驚き、他の二人も同様に顔色を変える。はるさんの表情は確認できなかったが、おそらく彼らと同様だろう。

「うぬらの殿をお守りするため、大目付の命《めい》を受けてここにおる」

「………」

供の者たちは全員絶句し、一瞬間佇立する。

「うぬら、殿を守りたいのであろうッ」

驚きと恐懼《きょうく》のあまり、一同の心に刹那の空洞《うろ》が生じたところへ、勘九郎は更にたたみかけた。

「どうなのだ？」

一同、ハッと勘九郎を見返す。空洞の中に、勘九郎の言葉が強く響いたのだ。

「殿を死なせたいのかッ」

駄目押しの一喝に、一同は従った。

勘九郎の指示どおり、傷ついた仲間を、酔い潰れた者の如くに見立てて肩に担《かつ》ぎ、慌てず、ゆっくりとその場をあとにした。

大門に近づいたとき、番所の役人が慌てて飛び出していくのが見えた。知らせを受けて、爆発の現場に急行するのだろう。

番所には、同心の他にも数人の目明かしやその手下がいるが、それらをやり過ごして大門の外に出るのに、さほどの問題はない。

問題は、大門の外——衣紋坂を上って日本堤に到る途中、見返り柳のあたりである。

そこが、おそらく刺客の待ち伏せ場所なのだ。

(今夜は銀二兄もいないし、この前より大人数で来られたら、ちょっとやばいな)

恐る恐る勘九郎が歩を進めていると、見返り柳のすぐ手前に、意外な人物を発見する。

(桐野?)

すぐに見極められたわけではない。

普化僧《ふけそう》姿の桐野は、顔を被《おお》う天蓋《てんがい》をチラッとあげてその顔を見せてから、目顔で勘九郎を促したのだ。

(こちらへ——)

「桐野」

勘九郎は柳の傍《かたわ》らに佇《たたず》む桐野のもとへと駆け寄った。

「どうして？」

（黙って——）

問いかける勘九郎を目顔で鋭く制すると、

「この者の仲間でございます。これより先は、それがしがご案内いたします」

勘九郎の背後から怪訝《けげん》そうに覗き込むはるさんに向かって低声《こごえ》で告げた。

「え？」

「刺客が迫ってございます、お急ぎくださいませ、播磨守さま」

「なに？」

はるさんと勘九郎は異口同音に問い返す。

「どういうことだ？」

「車坂の宿は既《すで》に敵に知られております。このままお戻りになられては、自ら敵の罠にかかるようなものでございます」

「…………」

「なんでお前がここにいる？」

とは訊かず、勘九郎はただ、無言で桐野を熟視した。いまは黙っているのが賢明だということくらい、反射的に理解している。

それ故桐野はそれ以上勘九郎のことは気にかけず、

「こちらへ──」

静かに告げて、歩を進めだすことができた。勘九郎も含めて一同、そのあとに続いた。

桐野の言うとおりにしていれば間違いはない。勘九郎はそう信じている。勘九郎がそう信じる以上、はるさんたちも信じるしかない。

(それにしても、播磨守って?)

桐野に遅れぬよう小走りになってそのあとを追いながら、勘九郎は漠然と考えた。が、いくら考えたところで、なにかがわかるとも思えなかった。

一度歩を進めだすと、振り向きもせず桐野は行く。

あまり足腰が丈夫そうではないはるさんの一行が遅れぬよう気遣いながら、勘九郎はその心中、絶えず首を傾げている。

(一体何処まで連れてくつもりなんだ?)

勘九郎の知る限り、はるさんを狙う刺客は、それほどたいした奴らではなかった。鉄砲まで持ち出しながら仕留められなかったのがその証拠である。

それ故、桐野が自ら乗り出し、一行を、何処とも知れぬ場所まで密かに連れていかねばならぬ理由がわからない。

すると、

「事情が変わったのです」

まるで勘九郎の胸中を瞬時に見抜いたかの如く、チラリと顧《かえり》みて桐野は言う。

「え？」

「敵は、腕の立つ者を雇い入れたのです」

「何故わかる？」

「今宵車坂の旅籠を見張っておりましたところ、おそらく雇われたと思われる者共が現れたのでございます」

「だから、なんでそいつらが刺客だってわかったの？」

「旧知の者でございました故――」

「え？」

「お庭番をやめ、金で雇われる刺客となる者は少なくありませぬ」

「なんだって？」

「人殺しを生業《なりわい》といたす者共は、目的を遂げるためであればどんな悪辣《あくらつ》なことでもいたします。相手の出方がわからぬ以上、いまは急ぎ身を隠すのが最善の策でございます」

勘九郎の耳にだけ届く程度の音量で桐野は言い、言い終えると再び足を速めた。言葉を発しているあいだも、決して足を弛めていたわけではない。ただ、勘九郎の耳許にだけ囁くため、その歩幅に合わせていたのだ。

そのため、勘九郎と交わした言葉は、はるさんとその配下に聞かれることはなかった。

もっとも、はるさんたちは、足場の悪い道を歩くことに懸命で、彼らの会話に耳を傾ける余裕などなかったが。

いつしか、彼らは道なき道を歩いていた。

山中に踏み入ったのだ。

気がつけば、一面の薄《すすき》野原のようなところにいた。

(お庭番の隠れ家か)

勘九郎がぼんやり察するのと、

「こちらで、しばしご休息くださいませ」

漸く足を止めた桐野が、無感情に言うのとが、ほぼ同じ瞬間のことだった。

辿り着いた先に、いぶせき樵《きこり》小屋があった。

「中に、多少の食べ物と水を用意してございます」

「おお、助かりましたぞ、殿」

「早う入りましょう」

「入りましょう」

穴山や木下たちが、はるさんの背を押すようにして小屋の中へと入っていった。爆発に巻き込まれて軽傷を負った二人も、存外元気な足どりで入っていった。

それをぼんやり見届けてから、

「あの男は……はるさんは一体何者なんだ？」

勘九郎は桐野に問うた。

「あの御方は、常陸下館藩主・石川播磨守総陽様にございます」

「常陸下館藩……？　大名なのか？」

さすがに勘九郎の顔色が変わる。

「………」

「大名が、なんで参勤でもないのに江戸にいるんだ？」

当然の問いであった。

が、その当然の問いに対して桐野は答えず、薄野原の彼方に視線をやっている。

「なあ、桐野？」

勘九郎は当然訝った。

「お前はなんで、はるさん……いや、下館藩主をはってたんだよ？　祖父《じい》さんに言われたからなのかよ？」

「そのとおりだ」

耳慣れた声音は、意外にも背後から聞こえてきた。

「祖父さん……」

桐野の視線の先から突然現れた祖父を、勘九郎は茫然と見返した。

「なんで？」

「訊きたいのは儂のほうだ」

腰丈ほどの薄を懶《ものう》げに掻き分けながら、三郎兵衛は言い放つ。

「貴様は、誰に命じられたわけでもないのに何故いつも、勝手な真似ばかりしてくれるのだ」

「………」

「だいたい、銀二も銀二だ。あれほど、豎子《こぞう》のおもりは大概《たいがい》にしておけ、と言うたに、すっかり籠絡されおって……」

「ちょっと待てよ、祖父さん、銀二兄はなにも悪くないだろうが」

勘九郎は思わずカッとなって言い返す。

「だいたい、余計なことだって言うけどよう、この前だって今夜だって、俺がはるさん……お殿様のそばにいたから、助けられたんじゃねえのかよ」

「ふん、貴様などおらぬでも、桐野がおったわい」

「そ、そりゃあ、桐野はいたかもしれねえけどよ、桐野だって、四六時中奴らにひっついてるわけにはいかねえだろうがよ」

むきになって、勘九郎は言い募った。

「俺は二度もはるさんの危機に居合わせたんだ。なんの役にも立ってねえとは言わせねえからな、クソ爺ッ」

「…………」

「だいたい、あんたはなんでここに来たんだよ、祖父さん。桐野がいれば問題ないんだから、わざわざこんなところまで出向いてくる必要ないだろうが」

「それは――」

お前のことが心配だからだ、とは言えず、三郎兵衛は気まずげに口を噤《つぐ》んだ。

「刺客に宿を突き止められました故、石川様のご一同を別の場所にお移しします」

五ツ過ぎ、桐野が唐突に言ってきたときは驚いたが、すぐに気を取り直すと、この機会に、一度うつけ殿の顔を見ておこうと考えた。どれほどのうつけか、己の目で見て確認するのが、手っ取り早い。

「で、石川総陽には、今宵も勘九郎めがくっついておるのか？」

「田町《たまち》の料理屋で飲んだ後、吉原へ繰り出したようでございます」

「そうか」

勘九郎の所在を確認した上で、三郎兵衛は桐野の教えた場所に来た。

「兎に角、総陽めの言い分を聞いてみようではないか」

「しばしお待ちを――」

それ以上孫と言い合いをするのもいやで、早速小屋へ向かおうとする三郎兵衛を、桐野がすかさず呼び止めた。

「ん？」

「殿は、あの者らにご身分をあかすおつもりでございますか？」

「…………」

桐野の問いの意味がわからず、三郎兵衛はしばし戸惑う。

「いまのところ、我らは公儀お庭番ということにしております」

やや気まずげに目を伏せて言う桐野の言葉で、三郎兵衛はすぐに合点がいった。

「そうか。お庭番か」

そして口許を弛めてほくそ笑むと、

「なるほど、それはよい」

口中に独りごちつつ、再び、ゆっくりと歩を進めはじめた。

# 第三章　逃亡中

## 一

石川総陽は、苦《にが》い顔つきで押し黙ったきり、すぐに言葉を発しようとはしなかった。穴山や木下など、配下の者たちも皆、当然余計な差し出口など叩かない。皆、小屋の片隅に身を寄せ、主人の邪魔にならぬよう、小さくなっていた。

そんな様子を、三郎兵衛は注意深く観察している。

（意外だな）

暗い小屋の中の乏しい灯りで見るせいかもしれないが、うつけといわれる下館藩主の石川総陽の貌《かお》は、想像していたものとは些《いささ》か違っていた。

酒の酔いが醒めているせいか、さほど呆《ほう》けた様子はなく、寧《むし》ろ口を閉ざしていると思慮深げな面差《おもざ》しに見えた。

一見、遊び疲れた子供が疲労しきっているのかとも思えたが、

「公儀お庭番、い組の頭《かしら》、斎藤庄五郎《しょうごろう》にござる」

と三郎兵衛が名乗った瞬間、その目の中に、チラッと知性の閃《ひらめ》きが迸《ほとばし》ったのを見逃しはしなかった。

（さては、うつけは芝居か？）

三郎兵衛がお庭番の頭と名乗ったその瞬間こそは隙のない表情を見せたものの、

「斎藤？　甚さんと同じ姓だね。まさか、親子じゃないよね？」

すぐにヘラヘラとしたうつけ笑いをみせて問う。

「如何にも、親子でござる」

三郎兵衛は真顔で即答した。

わざわざ祖父と孫だなどと訂正はしない。

「ああ、どおりで。ひと目見たときから、似てると思ってたんだ」

石川総陽は無邪気に喜んでみせた。

「お庭番というのも、世襲なんだねぇ」

「如何にも、世襲でござる」

無表情のまま、三郎兵衛は即答する。

実際、お庭番の頭というのがどういう人物なのか、見当もつかない。それ故、極力口数は少なくするべきだと判断した。無愛想な仏頂面《ぶっちょうづら》の三郎兵衛を、果たしてお庭番の頭だと信じたのか。

「いや、御子息には世話になり申した、お頭殿」

石川総陽は上機嫌であった。

だが、彼のご機嫌はそこまでだった。

次の瞬間、三郎兵衛が、

「ときに播磨守様——」

顔色口調をふと改めて、

「一国の御領主が、何故微行《おしのび》にて江戸におられるのか、ご返答願えますか?」

いきなりズバッと胸元まで斬り込んだのだ。

「…………」

石川総陽は絶句した。

まさか、いきなりまともにそんなことを訊かれるとは夢にも思っていなかったのであろう。不機嫌に顔を背《そむ》け、口を閉ざしてしまった。

当然、小屋の中には、重苦しい沈黙が流れている。

（なにも、そんな身も蓋《ふた》もない聞き方しなくてもいいだろうに……）

勘九郎は内心呆《あき》れ果てている。

（なにか事情があって吉原遊びをしてたとしても、得体の知れないお庭番なんかに話すわけないいじゃないか）

全員お庭番の設定にしたため、自ずから序列が生じた。その設定の中で、年齢的にも勘九郎は新参者である。光栄なことに、どうやら頭の息子という身分をいただいたが、だとしても頭や古参の者を差しおいて自ら発言するわけにはいかない。

三郎兵衛が自らの身分も名も明かさず、お庭番で押し通すことにしたのは、勘九郎の無駄口を封じるためにほかならなかった。

（答えぬか？）

三郎兵衛は焦れた。

返答を待つのにも厭《あ》きて、そろそろ引導を渡そうかと思ったところへ、

「そちらの問いに答える前に、一つ訊いてもよろしいか？」

石川総陽が問うてきた。

「なんでござろう？」

三郎兵衛は仕方なく問い返す。

「御公儀は、下館をお取り潰しになるおつもりであろうか?」

「…………」

三郎兵衛の問いよりも更に直截《ちょくせつ》的な質問に、今度は三郎兵衛が絶句する番だった。

「お取り潰しとなれば、この身はどうせ、謹慎か他家にお預かり。最悪切腹もあり得る。そうなれば、もう金輪際《こんりんざい》江戸の地も踏めねば、吉原詣《もう》でもできなくなる」

「それで、こっそり江戸に来て、吉原で遊興に耽《ふけ》っておられると?」

「如何にも――」

石川総陽は鷹揚に頷《うなず》くが、その途端、

「それはおかしい」

三郎兵衛は大仰《おおぎょう》に顔を顰《しか》めて反論した。

「未だお取り潰しと決まったわけでもないのに、いまからお取り潰しになったときの準備だなどと、そんな巫山戯《ふざけ》たお考えが、まかり通るとお思いか?」

「…………」

頭ごなしに叱責され、石川総陽は閉口した。そもそも、誰かに叱責されることに慣れていない。

「冗談じゃ。冗談に決まっていよう」

石川総陽はきまり悪げに口ごもる。

「そうとでも思わねば……」

ボソボソと口中で言い訳する石川総陽を見据えつつ、

「まあ、このままでは、遠からず、御身の思われるとおりになり申そう」

身も蓋もないことを、身も蓋もない口調で三郎兵衛は言った。

「お頭、そんな言い方――」

「うるさい。お前は黙っておれッ」

見かねて口を挟もうとする勘九郎を、三郎兵衛は一喝する。

「でも、失礼ですよ。いやしくも、大名家のお殿様に向かって――」

「……」

「播磨守様には、播磨守様なりのお考えもおありのことと――」

「だから、いま、そのお考えを伺っているのではないか」

「父上のように頭ごなしに詰問されたのでは、お気を悪くなされましょう」

「なんだと！」

「ほら、そうやってすぐ大声を出して。……それでは、話す気も失せてしまいますよ」

「そ、それは、お前が生意気な口をきくからであろう」

一方、三郎兵衛と勘九郎のやりとりを、悪夢を見る思いで聞き流す桐野がいる。

(やはり、お二方をお庭番に仕立てるのは無理があったか……)

とは思うものの、おそらくお庭番というものに生まれて初めて出会ったであろう者の目を欺《あざむ》くことは容易《たやす》かろうとも思った。

「我が藩には、二匹の虫がおる」

石川総陽が自ら重い口を開くまでには、当然長い時を要した。

根気よく、三郎兵衛はそのときを待った。

しばらく沈黙して、なにやら呻吟《しんぎん》する様子を見せた後、播磨守総陽は先ずそう口を開いた。

「文字どおり、獅子身中《しししんちゅう》の虫じゃ」

すっかり大名然とした顔つき口調で、石川総陽は話しはじめた。

三郎兵衛に対してそんな尊大な態度をとれるということは、即ち彼を公儀お庭番と信じるが故だろう。桐野の危惧も、杞憂《きゆう》にすぎなかった。

「一人は国家老。一人は江戸家老だ。この二人がいまの地位にあり、己の欲を満たすための悪《あ》しき行いをやめぬ限り、我が藩に未来はない」

「悪しき行い、とは？」

三郎兵衛はすかさず、短く問う。

「国家老の大熊内膳は、もう何年も前から、密かに年貢の上前《うわまえ》を掠《かす》め、私腹を肥やしておる。ために民は苦しみ、貧困にあえがねばならぬ。許し難いことだ」

「なるほど。確かに許し難いことでござる。で、もう一匹の虫は如何なる悪事を？」

「江戸家老の小平采女は、己の意のままになる者を次期藩主とすべく、老中、若年寄らに賄賂《わいろ》をばらまき、徒《いたずら》に藩費を浪費しておる。嘘だと思うなら、奴の住まう小石《こいし》川《かわ》御門内の中屋敷を覗いてみるがよい。儂など思いも及ばぬ贅沢三昧《ぜいたくざんまい》じゃ」

口にするうちに、ひた隠していた心の底より沸々《ふつふつ》と怒りが沸き起こるのか、石川総陽の満面は最早《もはや》別人の如く怒気を漲《みなぎ》らせている。

「もとより、斯様《かよう》な奴ばらをのさばらせておるのは、すべて儂の不徳の致すところだ。己の臣下を罰することもできぬ儂が、諸悪の根源なのだ」

「まったくもって、そのとおりですなぁ」

と言いたいところをグッと堪えて、

「それで、うつけを装《よそお》って、どうなさるおつもりでござりました？」

三郎兵衛は淡々と問い返した。

「うん……」

石川総陽はしばし口ごもってから、

「はじめは、保身のためにしたことなのだ」

思いきったように言った。

「保身、でございますか？」

「いまより七年前の享保十七年、先代の総茂公が伊勢神戸より移封《いほう》された。総茂公は、伊勢では名君と讃《たた》えられ、総茂公を慕う農民たちが、挙《こぞ》って移封の取り消しを幕府に願い出たほどだ。……だが、新規の土地で気苦労がたえず、下館に移ってまもなく、亡くなられてしもうた。儂は伯父上《おじうえ》の末期《まつご》養子だ」

「左様であられましたか」

納得顔に頷きながら、三郎兵衛は、

（そういえば、次左衛門めが、そんなことを申しておったな？）

懸命に己の記憶を手繰《たぐ》っている。

「大熊も小平も、もとより伯父上の代からの家老だ。早くに父母を失い、子のなかった伯父上に引き取られ、お側《そば》近くで小姓のように育てられた儂のことなど、そもそも軽んじておった」

石川総陽もまた、遠い日の記憶を手繰り寄せているのか、既に怒りの色はその面上にはない。

「軽んじられている上、藩主の座についたばかりの頃の儂は、あやつらのことが恐ろしかった。ともに、溢れるほどの野心をもち、隙あらば、相手を蹴落としてやろうとしておった。……藩主になったばかりの頃、大熊が儂の耳に囁きおった。『小平を除いて、己の一族の者を江戸家老にしてほしい』とな。翌年参勤にて江戸に出府した際には、小平の方も同じようなことを申した。二人とも、言うことを聞かねば、殺すぞ、と言わんばかりの目をしておった。……或いは、伯父上もこやつらのどちらかに毒を盛られたのではないか、と思えた。奴らを恐れた儂は、殺されぬためには、うつけに見せかけるしかないと思うた」

「それは……ご早計に過ぎましたな」

即座に言ってのける三郎兵衛の無礼には、最早石川総陽は慣れてしまったようだ。

「そう思うか？」

別に不快そうな顔もせず、至極自然に問い返した。が、三郎兵衛はもうそれ以上言い返そうとはしなかった。

「では、教えてくれ。儂《くみ》は一体どうすべきであったのだ？……家中の者の殆《ほとん》どが、大熊か小平のどちらかに与し、儂のことを蔑《ないがし》ろにする。誰も、傀儡《かいらい》の藩主になど、従わぬ。味方など、一人もおらぬのだ。そんな中で、うつけになる以外、一体儂になにができたというのだ？」

「ご家中に、お味方は一人もおられぬと？」

「おお、そうじゃ」

「では、いまここにおられる方々は？」

「え？」

「御身《おんみ》をお守りするため、国許から御身に従うてこられたご家来衆は、御身のお味方ではないと言われるか？」

「………」

三郎兵衛に鋭く指摘され、石川総陽は漸《よう》く小屋隅に身を寄せている六人の供の者たちを顧《かえり》みた。

折しも、先刻爆風に巻き込まれて負傷した二人も、ちょうど手当てを終えたところである。もとより彼らは、皆、固唾《かたず》を呑んで主君の言葉を聞いている。

「こ、この者たちは……」

　石川総陽は一瞬間戸惑い、口ごもってから、

「い、如何にも、この者たちは儂の味方だ。無二《むに》の家臣よ。……この場におる、この六名のみが、な。だが、たった六人で、一体なにができると思う？」

　三郎兵衛の鋭い眼をまともに見返して言う。

「命懸《いのちが》けで、御身を守ろうとする者たちにございます」

「…………」

「たった六人であろうが、いつでも御身のために命を投げ出す覚悟の者たちでございましょう。そんな無二の家臣をもちながら、家中に、一人の味方もいないとは、なんと情けない言い草か。……方々《かたがた》も、心の中で泣いてござろう」

　三郎兵衛の言葉が終わるか終わらぬかというところで、派手に洟《はな》を啜《すす》る者がある。供の者たちの中では最年長の穴山だった。穴山が洟を啜って泣くのを堪えたことに触発されてか、すぐに木下と他の何人かもそれを真似て洟を啜る。

（おいおい、どういうつもりだよ、祖父さん。いい歳したおっさんたちを泣かせて、どうするんだよ）

　勘九郎が内心あきれ返るのと、

「味方が一人もいないなどと思い込んで自棄《やけ》になり、密かに江戸入りして放蕩《ほうとう》を繰り返すなど、愚の骨頂ではござらぬか」

三郎兵衛がとどめの言葉を吐くのとが、ほぼ同じ瞬間のことだった。

本人は、蓋し《けだ》千両役者が見得《みえ》を切った心地であったろう。

ところが、その言葉を聞くなり、

「…………」

石川総陽が、さも怪訝そうな表情で三郎兵衛を見返す。

「あ、そ、その……」

遠慮がちな言葉を返そうとするが、戸惑いが大きいのか、なかなか言葉にならないようだ。

(なんだ？)

本来ならば、臣下とともに感涙に噎《むせ》び泣いている筈の石川総陽の表情が、己の想像と違っていることに、三郎兵衛もまた、戸惑った。

(儂の言うことがよくわからんのか？　だとしたら、本物のうつけではないのか？)

と思い、

「おわかりいただけねば、いま一度、申し上げましょう――」

気を取り直して言いかけたとき、

「自棄になっているわけではない」

石川総陽が漸く言い返した。

「儂がうつけを装い、密かに江戸入りを繰り返したのは、別に、自棄になってしたことではないのだが」

「え？」

三郎兵衛は声に出して驚いたが、勘九郎もまた心中密かに驚いている。

「で、では何故、こんな危ない橋を渡っておられるのか？……大名が、参勤でもないのに勝手に江戸に出入りすれば――」

「もとより、承知しておる」

石川総陽はゆっくりと、述べた。

「大名が、公方様《くぼう》のお許しもなく、勝手に江戸入りすれば、ことによっては改易、お取り潰し……当主は切腹を命じられるかもしれぬ。だが、それでも儂は江戸に来なければならぬ」

「何故？」

「儂が密かに城を出て江戸におるあいだは、国許と江戸表の諍《いさか》いがなくなるからだ」

と石川総陽は言い、更に、続ける。

「儂が無茶な真似をすればするほど、奴らは戦《おのの》き、焦り、取り繕《つくろ》うために、互いに協力し合うということがわかった。それ故、儂は大うつけの困った殿様でいなければならぬのだ」

「そのために……国許と江戸表の仲を取り持つために、こんな無謀なことをなされていたと言われるか」

「はじめはそのつもりだったのだが……」

石川総陽の顔色がにわかに曇る。

もとより三郎兵衛は、その理由を知っている。

「いまは命を狙われておられるではないか」

「…………」

「まさしく、策士策に溺《おぼ》れる、ですな」

「はじめのうちは、儂がもうこれ以上無茶をせぬよう、警告しているのかと思うたのだが……まさか、鉄砲やら爆薬まで持ち出すとは思わなんだ」

「江戸家老の小平采女は、既に大目付と通じ、御身亡き後は、直ちに末期養子《まつごようし》を認める手筈になっておりましょう」

「まさか、その手があったとはのう。迂闊《うかつ》であった」

「ご先代の死に疑念をいだかれた割には、迂闊すぎますなぁ」

まるで他人事のような口調で言い返す石川総陽に、三郎兵衛は甚《はなは》だあきれ返る。

密かに江戸に出入りしていた理由については、まあわからぬでもないが、そもそも
そんな無茶で無謀な策が長続きするわけがない。

(多少の小知恵はあるが、英明というほどでもないな。しかし、人柄はそれほど悪くない)

と三郎兵衛は判断した。

少なくとも、主《しゅ》殺しをしようなどという悪辣《あくらつ》な家老に殺されねばならぬほど、悪い領主ではない、ということだ。

「うつけが過ぎれば、何《いず》れ国許と江戸表が結託し、御身を亡き者にせんと企《たくら》むとはお考えになりませせなんだか？」

「考えなかった」

石川総陽は素直に認めた。

「儂には、実子はおろか、養子に迎えられそうな者もおらぬのだ。養子にできる者がおらねば、儂を生かしておくしかなかろう、とタカをくっていた」

「石川様ほどの古いお家柄なれば、どこかにご親族はおられましょう。……どうしてもおらぬとなれば、影武者でも本物だと言い張りまするぞ」

「確かに、それくらいの芸当はしてのける連中だな」

納得顔に同意する石川総陽の、いまとなってはなかなか立派な殿様顔を、半ばあきれる思いで三郎兵衛と勘九郎は見つめていた。

賢いのか愚かなのか、さっぱりわからない。

それでも、命を助ける価値はありそうだと心を定めた二人であった。

二

すべてを包み隠さず語ったように思わせて、実はただ一つの事実だけを、石川総陽は伏せていた。

即ち、吉原で天水桶が爆発する寸前、大熊内膳を見かけた、という事実を、お庭番を名乗る男たちには告げなかった。そもそも、彼らを頭から信用していたわけではない。

信用したわけではないが、いまは彼らを頼るよりほか、手がないということだけは理解できた。

(何故大熊が江戸にいる?)

吉原で見かけた、と思った瞬間から胸に生じたその疑問は、石川総陽の中で次第に大きく膨《ふく》れつつある。

小平采女が、何れ《いず》刺客《しかく》を遣《つか》わしてくるであろうことは、充分予測できていた。大熊も小平も嫌いだが、より陰険で姑息《こそく》なのは小平のほうだ。それはこの数年のつきあいで充分察せられた。

総陽が江戸に来るたび、

「道中、ご不自由なことはございませなんだか?」

満面の笑みで出迎えてくれる小平采女の、その笑顔が心と裏腹の偽りであることは、もとよりはじめから承知していた。

江戸屋敷の暮らしは質素なもので、総陽の食事は、小魚が一皿、煮物と汁物が一椀ずつといった下級武士さながらの粗末な膳だったが、文句は言えなかった。国許の領民たちは重い年貢を搾《しぼ》り取られ、貧困に喘いでいるのだ。

だが、主君に粗末な食事を与えておきながら、小平は一人贅沢を貪《むさぼ》っていた。魚河岸《うおがし》から取り寄せた高価な魚を食らい、上等の着物を仕立てては、夜毎《よごと》老中や若年寄の接待に明け暮れている。どこからそんな金を調達しているのか不思議でならなかったが、どうやら札差《ふださ》しから借金をしているようだった。

それを知ったときには、

（おのれ、小平ッ）

総陽は怒り心頭に発した。

江戸でも国許でも、遊興に耽るようになったのは、小平采女への怒りも手伝ってのことだったのかもしれない。

しかし、吉原での豪遊も、それほど長く続けられはしないだろうと予想していた。江戸暮らしが長く、幕閣のお歴々とも親しくつきあっているという自負のある小平采女は、一見好人物そのものな外貌をしているが、その笑顔が偽りであるのと同様、実は誰より邪悪な性質の持ち主だ。己の意のままにならぬものには容赦なく、手段を選ばず排除しようとするだろう。

ただ、刺客をさし向けたとしても、江戸で総陽の命を奪うことはないだろうとタカをくっていた。

小平采女が江戸で威勢を誇っていられるのは、下館藩江戸家老、という肩書きがあってこその話だ。藩の存亡に関わるような真似をするわけがない。もし総陽が参勤中でもないのに江戸で死ねば、何故江戸にいたのかを追及されることになる。藩がお取り潰しになるだけでなく、己も家老として責めを負うことになる。

刺客は、総陽を脅して国許へ帰し、金輪際勝手に江戸に来ようなどという気を起こさせぬためのものだ。

或いは、強引に拉致され、言うことを聞くよう、威《おど》しすかされることはあるかもしれないが、供の六名は腕利き揃いだ。はじめから、殺す気のない襲撃であれば楽に防げた。

しかし、前回鉄砲で狙われた際には、さすがに、

(さては本気で殺すつもりかな?)

と思わざるを得なかった。

老中や大目付に取り入り、己の一存で藩主をすげ替えようと企んでいるとは、まさか夢にも思わなかった。

それもまた、藩主の座に胡座《あぐら》をかいた総陽の油断であったかもしれない。

(しかし、何故大熊は江戸に来ているのだ?　あの爆発は、或いは大熊が仕組んだことなのか。だが、何故?)

総陽の見るところ、大熊内膳は、なにより外聞《がいぶん》を重んじる人間であった。

それ故、総陽が遊興に耽りはじめた当初、忠義面をして何度も諫言《かんげん》してきた。大人物を気取っているため、闇討ちなどという卑怯《ひきょう》な真似は、間違ってもしない筈だ。だが、それも所詮《しょせん》は総陽が見誤っていただけのことで、結局小平と同じ穴の貉《むじな》なのかもしれない。

己の欲望を満たすためなら、どんなことでもするのかもしれない。

(或いは、小平の企みを察し、自ら、奴に先んじようとしたのかな?)

懸命に思案を凝らしてみたが、しかとはわからなかった。

「はるさん」

不意に呼びかけられて、総陽はっと我に返る。

夜半、狭い小屋の中の息苦しさを嫌い、一人外に出た。薄野原の中で風に吹かれていると、不思議なほどに心が落ち着いた。

もとより、草を踏んで近づいて来た足音には全く気づかない。

「はるさん、と呼んでもいいかな? 一度それで慣れちまったから、今更播磨守様、ってのも妙な気がしてさ」

「ああ、いいとも、甚さん」

勘九郎の言葉に、総陽は気さくに応じた。

ただ者ではないと総陽が睨んだとおり、お庭番だったわけだが、その正体を知ってからよりも、知る以前に親しく酒を酌んで狎《な》れ口をきいていた頃に、できれば時を戻したい。

「甚さんからは、『殿』なんて呼ばれたくないよ」

「ああ、よかった。はるさん、てっきり、俺のこと怒ってるんじゃないかと思ってさ」

「怒る？　何故？」

「だって、お庭番だぜ。実ははるさんの身辺を、探ってたんだぜ」

「だが、そのおかげで命拾いをした」

「そう言っていただけると、慶賀の至りでございます」

「はは……よしてくれよ、堅苦しい言葉遣いは」

と、一頻《ひとしき》り笑ったあとで、だが石川総陽はふと真顔に戻る。

「一つだけ、甚さんに怒っていることがある」

「え？」

勘九郎は忽《たちま》ち戸惑う。

「な、なんだろう？」

「甚さんは儂に嘘を吐《つ》いた」

「嘘？　嘘なんかついてないけど……」

「親も兄弟もいないと言うたではないか」

「そ、それは……」

「親はいないなどと、よくもぬけぬけと言ったものよ。いるではないか、あれほど立派な父上が――」

「あ、あれは――」

　思わず言いかけて、だが、

「あれは父ではなく祖父だ」

　という言葉を、勘九郎は咄嗟に呑み込んだ。

　親子ということにしたほうが見た目は自然だし、今更祖父です、と言ったところで、総陽は容易には信じまい。

「うっかり信じたではないか。この、嘘吐きめ」

「面目ない」

　勘九郎は半笑いで頭を掻いた。

　そういう表情をされると、相手が赦《ゆる》さぬわけにはいかなくなるということを、自ら知っているわけではない。ただ自然に、そういう表情になってしまうだけのことだ。

そして、勘九郎のその表情を見た石川総陽は、案の定忿ち戦意を喪失したようだ。

星明かりに照らされる勘九郎の顔を、しばらく黙ってじっと見つめていたが、

「甚さんは、本当にお庭番なのか？」

つと口を開いたとき、再び勘九郎を驚かせる。

「え？」

勘九郎は内心の動揺を懸命にひた隠す。

「どうして？」

「儂は、お庭番に会ったのははじめてだが、なんだかあまり、らしくない気がして
——」

「ええ、ええ、全くらしくないんですよ、俺は」

勘九郎は慌てて言い募る。

「それで、いっつも親父に怒られてるんですよ。『お前はまるでなっとらん。いつになったら一人前になるのだ』って、もう、うるさいのなんの——」

「そうなのか？　随分と仲が好さそうにみえたが——」

「仲がいいですって？　ご冗談でしょ。誰があんなクソ親父と!!」

「父上のことを、そんなふうに言えるだけでも、儂には充分羨ましいが」

「………」

口先だけではなく、心底羨んでいるらしい石川総陽の視線に気づくと、勘九郎はふと言葉を止める。

「儂は本当の父を覚えていない。母も知らない。……物心ついたときには、まわりには他人しかいなかったな」

「でも、下館藩の御先代は、はるさんの伯父上にあたるお方だったんでしょ。他人じゃないでしょ」

「他人ではないかもしれんが、藩主だぞ。殿だぞ。……元々生真面目《きまじめ》で口数の少ないお人だったから、親しく馴染んだことはない」

「でも、御先代には実の子がいなかったんだから、はるさんが本当の息子みたいなもんでしょ」

「それは、そうかもしれんが……」

「それに、前の御領地の領民に慕われて、行かないでほしいと直訴されるほどの名君だったんでしょ。情け深い人だったに決まってるよ」

「………」

「忘れているだけで、きっと、御先代との愉しい思い出がたくさんあった筈ですよ」

「何故甚さんにそんなことがわかるんだ？……それに、忘れているとは？」

「いまだに、よく親父に言われるんですよ。……『貴様、一人で大きくなったような面《つら》をしおって、赤児の頃、夜泣きする貴様をあやして、朝まで子守歌を歌ってやった恩を忘れたか』とか。そんなの、覚えてるわけねえっての」

「あの厳格そうな頭が、そんな益体《やくたい》もないことを言うのか？」

総陽は心底意外そうな顔をした。

「ふうむ……人は見かけによらぬものだのう」

「だから、こっちは忘れてる……ってより、はなから覚えちゃいねえのに、親だけが覚えてるってことが、うんざりするほどあるらしいんですよ」

「なるほど」

総陽は漸く納得したようだ。

「子供は、忘れてしまうのだな」

「覚えてないのと忘れちまうのは、同じことだと思うんですけどねぇ」

「いや、はじめから覚えていないのと忘れてしまったのとでは、全然違うだろう」

「そうですか？」

「そうだとも。忘れたのであれば、いつか思い出すこともあるだろうが、はじめから覚えておらぬのでは、金輪際思い出すこともないからのう」

「なるほど」

今度は勘九郎のほうが納得する番だった。

「まあ、そうは言っても、赤ん坊の頃のことを思い出すなんて、到底無理でしょうけどね」

「人は、死の直前に己の一生を垣間見ることがあるそうだ。……或いはそのときに、思い出すのかもしれん」

遠くを眺めつつ述べられた石川総陽の言葉には、勘九郎はもう言葉を返さなかった。その瞼裏《けんり》で、懐かしい先代の顔でも思い描いているとしたら、なにも言うべきではないと思ったのだ。

しばらく口を噤《つぐ》んでから、

「ところではるさん、親父になにか、隠してることあるでしょ」

勘九郎は漸く、本題を口にした。

「え?」

「隠してるわけじゃないとしても、あえて言ってないことがある」

「…………」

「別に、いいんだよ。はるさんが言いたくないなら、言わなくても。けど、見てのとおりの頑固親父なもんで、はるさんに信用されてないとわかったら、臍《へそ》曲げちまって、面倒なんだよなぁ」

勘九郎の言葉に、石川総陽はしばし逡巡した。己の心中がすっかり見透かされているらしいのは癪《しゃく》に障《さわ》るが、その相手が勘九郎——彼にとっては「甚さん」だが——であることは、それほどいやではない。

だが、逡巡の挙げ句、結局このとき勘九郎に打ち明けられなかったことを、何《いず》れ三郎兵衛に対して自ら打ち明けざる得ないことになるとは、このときにはまだ知る由もない総陽であった。

## 三

石川総陽を、ひとまず安全に下館に戻そう、と三郎兵衛は考えた。

定宿にも戻れぬ上、金で雇われた本気の刺客がつけ狙っているというのだから、このまま江戸にいるのはあまりに危険すぎる。

しかも、その刺客は、桐野もよく知る、元お庭番だと言う。相当手強《てごわ》い敵と思ったほうがいい。

「ご安心くだされ。下館までは、桐野と甚三郎が同道いたします」

という三郎兵衛の言葉に、石川総陽はあからさまに顔色を変えた。

「な、何故、下館に戻らねばならぬのか」

「このまま江戸にいても、なにもなさることはありますまい」

「…………」

「市中をうろついて、うっかり町方の詮議でもうけようものなら、御家はおしまいですぞ」

「だ、だが……」

石川総陽は苦しげに口ごもるしかない。

「お国許へ戻られるのに、なにか不都合でもございますのか？」

「不都合……というわけではないが」

「なんでございます？」

「実は……」

「如何なされました、播磨守様？　お顔の色がすぐれませぬな。さては、先程さし上げた握り飯が、お口に合わなかったのではござらぬか？」

「いや、そんなことはない。とても美味《うま》かった」

「いいや、そのへんのいぶせき民家より調達したものにござれば、日頃お口役の吟味せしものしかお口になされぬ御身にとっては毒も同然。……これは、それがしの配慮が足らなんだ。申しわけございませぬ。すぐに薬を調達してまいりましょう」

「く、薬は要らぬ」

石川総陽は辛うじて応えた。

「薬は要らぬ？」

鸚鵡返《おうむがえ》しに訊き返した三郎兵衛には、勿論石川総陽の心中くらい、お見通しである。総陽が、肝心ななにかを隠しているということは、もとより三郎兵衛にもわかっていた。

しかし、勘九郎ほど若くもなく、それ故他人の気持ちなど忖度《そんたく》する気もない三郎兵衛は、とりあえずその隠し事を無視することにした。

但し、今後の行動に支障がない限りは、という条件付きで——。

どうやら支障がありそうだとわかれば、情け容赦なく曝《あば》くだけだ。

「いや、その……」

石川総陽の顔色や態度が妙な具合なのも、もとより体調不良のせいなどでないことを承知の上で、見えすいた芝居をした。

「では、いっそ、医師を連れて参りまするか？」

「医師も、要らぬッ」

たまらず総陽は声を荒げた。

「大熊が……大熊が江戸におる」

「は？」

三郎兵衛は当然問い返すことになる。

「大熊が江戸に来ておるのだ」

「大熊とは、お国家老の大熊内膳殿のことでござるか？」

「そう…だ」

躊躇《ためら》いがちに頷いてから、

「国家老の大熊が、儂に内緒で江戸に来ておるのだ」

石川総陽は観念したように述べた。

「なんですと！」

殊更《ことさら》大仰に顔を歪めて三郎兵衛が言い返したのは、総陽に対する小さな嫌がらせにすぎない。大熊内膳が江戸にいるというのは、三郎兵衛にとっても驚くべき事実ではあったが、平素であれば、驚きを一切顔に出さぬくらいの芸当はできる。

それなのに、敢えて仰天の表情を見せたのだ。豎子《こぞう》の分際で、この松波三郎兵衛をたばかろうとしたことに内心激しく腹を立ててのことに相違なかった。

「何故、大熊殿が江戸に？」

「それはわからぬ」

「何処で出会われた？」

「出会ったというか……見かけた…気がしただけなのだが」

「見かけた？　何処で？」

「昨夜、吉原で……」

「え、まさか、西河岸で天水桶が爆発したときに？」

勘九郎が、つい横から口を挟む。

「…………」

総陽は無言で頷いた。

「なんでそのとき言ってくれなかったんだよ、はるさん！」

「なんでと言うて、そのときは、甚さんがお庭番だと知らなかったのだから、仕方あるまいッ」

勘九郎の言い様に触発されて、総陽もついむきになる。

「しかし播磨守様、大熊が江戸に来ていたからというて、御身が下館に戻るのに、なにも差し障りはございますまい」

驚愕の表情を瞬時にひっこめ、至極淡々と三郎兵衛は言い返した。

隠し事をされたのは不愉快だが、よく考えてみれば、たいした問題ではない。国家老が江戸に来ていようがいまいが、総陽の置かれた状況にはなんの影響も及ぼすまい。いまは、なにがなんでも、総陽を国許へ戻すことだ。そのためには、万難を排さねばならない。

「し、しかし、斎藤殿……」

「まあ、国家老が、なんの目的で江戸に来たのか、全く気にならぬといえば嘘になり申すが」

「そんなの、はるさんを殺しに来たに決まってんだろ」

勘九郎が再び口を挟み、三郎兵衛に鋭い視線を向けられる。

(うわっ、おっかねぇ)

一瞬怯《ひる》みつつも、吉原の爆発騒ぎに立ち合った者としては、どうしても黙っていられなかった。

「だとすれば、敵が増えたぶん、御身の危険も増した、ということになり申す」

しかし三郎兵衛は、勘九郎の言葉を寧ろ説得材料として使うことにした。

「だが、大熊が……」

「大熊殿のことは、この際どうでもよろしかろう」

「いや、よくない。大熊は我が家臣。……家臣が、儂になんの断りもなく江戸に参っておるのを、このまま見過ごしにはできぬ」

「………」

三郎兵衛は言葉に詰まった。

総陽の言うことは、もっともである。もし彼が、まともな領主であったならば、三郎兵衛もその言い分を尊重する気になったであろう。

だが、己こそ、勝手に領国を出て江戸に来るという暴挙に出ておきながら、家臣に対しては常識を求めるのがどうにも納得できない。

「それ故儂は、江戸におらねばならぬ。江戸で、大熊を探さねば……」

三郎兵衛が口を閉ざしたのをいいことに、調子にのって総陽は言い募った。

「大熊が、何故密かに江戸に来たのか、儂は知らねばならぬ。……我が藩の家老が明らかになにかよからぬことを企んでおるというのに、己一人国へ帰るわけにはゆかぬ」

「播磨守様――」

「帰るわけには、ゆかぬのだ。わかってくれい、斎藤殿」

相当怖い三郎兵衛の仏頂面に対して、総陽は懸命に言い募った。三郎兵衛の顔が全く怖くないわけではなかったが、どうしても言わねばならぬという使命感で、自らを奮《ふる》い立たせていた。

(うぬぬ……豎子《こぞう》め)

一方三郎兵衛は、心中煮えくり返る思いを嚙み締めながら、懸命に言葉を捜していた。

「たわけッ」

と一喝《いっかつ》するのは容易いが、できれば言葉を用いて説得したい。殿様を怒鳴りつけるわけにいかないのは勿論、怒りにまかせて怒声など放てば、自らの才覚も弁舌も、《うつけ》殿に劣ることになる。

(ええい、こやつらもこやつらだ。おのれらの殿様が危ういというのに、一言の諫言もせぬとは、どこまでぼんくらな連中なのだ)

三郎兵衛の目は、いつしか小屋の片隅に身を寄せた供の者たちにまで向けられた。供の者たちは、皆、総陽と同年齢くらいかそれよりも若い。殿を守ろうという忠義の心だけはあり余るほどあるものの、そのためにはどうすればよいかという思案などはない。ただ、殿様の行くところへ、黙って従うだけである。

(よくもまあ、これほど頼りない連中だけを供に連れて、大胆不敵《だいたんふてき》な真似をしでかすものよ)

だが、彼らの不安げな様子を見つめるうちに、三郎兵衛は次第に憐憫《れんびん》の情が湧いてくる。

(国許と江戸が仲違《なかたが》いせぬためとかぬかしておったが、本当はなにをする気だったのだろう？)

思うともなく思ったとき、

「お頭」

それまで黙っていた桐野が、やおら三郎兵衛に躙《にじ》り寄りつつ囁いた。

「なんだ？」

「播磨守様を下館にお送りするにせよ、このまま江戸にお留まりなさるにせよ、ここはそろそろ引き払わねばなりませぬ」

「なに？」

三郎兵衛はさすがに顔色を変える。

「どういうことだ？」

「刺客は、かつてそれがしと同じくお庭番だった者。そろそろここを突き止められる頃かと存じます」

「なんと！」

三郎兵衛は絶句した。

（儂としたことが、うっかりしていた）

敵方に、桐野と同程度の力量の者がいる以上、桐野の言葉は決して大袈裟《おおげさ》なものではないだろう。

「いますぐここを出るべきなのだな？」

「御意」

桐野は小さく頷いた。

「聞いたとおりだ。播磨守様も方々も、すぐに出立の仕度《したく》をなされよ」

「仕度も何も、荷など何一つありはせぬ。出よと言われればすぐに出られる」

石川総陽が即答する。

「では、行こう」

自ら戸口に立とうとする三郎兵衛を、桐野が無言で首を振って止める。

「こちらへ――」

と桐野が示したのは、小屋の最奥――土間に置かれた小さな竈《かまど》の前だった。桐野が竈の位置を少しずらすと、その下に、ポッカリと空洞が現れる。

「抜け穴か？」

「敵は既にここを嗅ぎつけ、遠巻きに見張っておるやもしれませぬ」

「わあ、そういう仕掛けがあったのか。すごいなぁ」

後ろから覗き込んだ石川総陽も、能《のう》天気なはるさんの地金《じがね》を出して嘆声をあげる。

「どこに出るんだ？」

「どこでもいいだろ。早く行こうぜ」

言うが早いか、勘九郎が自ら穴へと身を躍らせる。こういうとき、誰かが先んじて飛び込まねば、なかなか続く者がいない。そういうことを、勘九郎は感覚的に知っている。

「おい、勘……甚三郎！」

「いいから、早く」

呼び止める三郎兵衛を促して、勘九郎は穴奥へと進んだ。

穴は約一間ほども掘られており、降りたところからは人一人がやっと通れるほどの抜け道になっている。

「おーい、早く来いよーッ」

抜け道を進み出しつつ、勘九郎は叫んだ。

「さ、方々も早く行ってくだされ」

桐野に促されるまでもなく、石川総陽とその供の者六名は、次々に穴を降りた。最後に三郎兵衛が降りたところで、桐野は竈を元の位置に戻して穴を塞《ふさ》いだ。

塞げば即ち穴の底まで明かりが届かなくなり、皆慌てることだろうが、仕方ない。

(若に明かりを持たせるべきだったが)

桐野は少しく後悔するが、桐野の指示を待たずに入ってしまった勘九郎が悪い。

(下館の者たちは別として、若も大殿も夜目がきく方々故、心配あるまい)

すぐに気を取り直すと、桐野は直ちに、己の為すべきことをした。

# 四

数間か、それとも数町か。

闇の中を、小さく身を屈《かが》めた窮屈な状態でしばらく進んだ。伸ばした己の指先さえ見えぬ真闇の中を――。

「おい、甚さん、大丈夫か？」

背後から来る石川総陽が、闇の中で心細いらしく何度も声をかけてきた。

「本当に、このまま進んでもいいのかい？」

その都度、

「大丈夫ですよ、はるさん」

その名を呼び返してやる。

闇の中では誰でも不安だ。勘九郎が、「はるさん」と気安く呼び返すことで、張り詰めた空気が弛み、供の者たちも多少安堵することができたようだ。

はじめのうちは荒々しかった彼らの息遣いが、次第に落ち着いて静かなものへと変わっていった。

四半時か、それともほんの寸刻か。

兎に角、懸命に進んで行き着いたのは、古い祠《ほこら》の縁の下である。

視界の先に、小さな石灯籠が見えた。

(ここいらを持ち上げるのかな?)

見当をつけて、頭の上のあたりを軽く押し上げてみると、
ギッ、
と軋む音がして、頭上の蓋がゆっくりと押し開けられる。

「おっ……」

漸く視界が明るく開けると、その明るさに束《つか》の間目《まめ》が眩《くら》んだ。

眩《まぶ》しさを堪えつつ、どうにか穴の上まで這い上がり、あとの者たちが出易いように蓋をどけた。

「はるさん」

「おお、やっと着いたか」

勘九郎が待つ明かりの下へ顔を出したとき、総陽は心底安堵したようだ。手を差し伸べられた穴から出る際、勘九郎を見る目が少しく潤んでいた。

「何処だ、ここは?」

「さあ…なにやら祠のようだぞ」

「息が詰まりそうだ。早く外へ出よう」

「おお、出よう、出よう」

総陽のあとに続いて次々とあがってきた供の者たちの寛《くつろ》ぎぶりたるや、それ以上である。

「おい――」

勘九郎が呼び止めるのも聞かず、

「おお〜外の風が心地よいぞ」

勘九郎を押し退けて祠の観音戸を中から押し開けると、燦々《さんさん》と陽射しの降り注ぐ中へ怖れげもなく飛び出していく。

(ああ、待ち伏せされてないとも限らないのに、確かめもしないで……)

口には出さず、心の中でだけ、勘九郎は案じた。

「眩しいのう」

「一年も闇の中にいた気分じゃわい」

「おお、生き返る心地じゃ」

「ちょっと、待って――」

仕方なく彼らのあとに続いて外に出た勘九郎の視界に、不意に桐野が入ってきた。石灯籠の裏側に佇んでいたらしい。

「え、まさか、先回り？」

勘九郎が訝《いぶか》ると、

「闇の中では、恐れも手伝い、どうしても動きが鈍くなります。同じ道のりでも、倍の長さに感じましょう」

事も無げに桐野は言い、微《かす》かに口の端を弛《ゆる》めた。

桐野がさり気なく視線を投げた先を見ると、半里ほど彼方の、こんもりと茂る雑木林だ。林の中からは、一条の白煙がたちのぼっている。方向から察するに、先程まで彼らがいた小屋のあたりである。

「燃やしたのか？」

最後にあがってきた三郎兵衛が、息一つ乱さず桐野に問う。

小屋を燃やしてきたのか、という意味だろう。

「ついでに、何人かは減らせたかと――」

桐野はやや口許を弛めて応えたが、すぐ真顔に戻って鋭い眼を向ける。

向けた先は、勘九郎らが出て来た祠のほうだ。次の瞬間、祠の裏側から、フラリと現れた者がいる。

身の丈ゆたかな大坊主であった。

「堂神《どうがみ》、貴様……」

「ふははは……久しいのう、桐野殿。麗《うるわ》しいご尊顔を拝し奉《たてまつ》り、恐悦至極に存じまする」

破鐘《われがね》の如き声音であった。

「ぬけぬけと、よく言うわ」

吐き捨てるように桐野は言い返した。と同時に、いまにもそいつを両断しそうな目を向ける。

ただの敵ではない。憎むべき敵であった。

「よくも私の前に顔を見せられたものだ。恥を知れッ」

「はっはっ……相変わらず手厳しいのう、我が師匠は」

(え、師匠?)

勘九郎は思わず、我が耳を疑う。

堂神と呼ばれたその大坊主は、見たところ、四十がらみ——三十前には到底見えない。一方桐野は年齢不詳ながら、四十過ぎには到底見えない。

（まあ、歳《とし》の近い師弟ということもあるか）

思った瞬間、桐野に向かっていた筈の堂神が、不意に勘九郎のほうを向く。

「おい、小僧」

「！」

桐野は素早く身を処し、勘九郎を背に庇《かば》う。堂神は、その桐野の間合いスレスレのところでピタリと足を止めた。

「なんの真似だ、堂神」

「暫《しばら》く会わぬあいだに、随分とお優しくなったではないか、師匠」

「主人《あるじ》を守るのはお庭番の務め。そんなことも忘れたか、似非《えせ》坊主」

「ほう。その間抜け面の小僧が、師匠の飼い主とは思えんが」

「………」

そのとき、桐野の顔色が僅かでも変わったように見えたのは、おそらく勘九郎の見間違いだろう。

桐野が顔色など変えるわけがない。

「下館の方々を連れて、お逃げ下さい、若」

すぐ後ろにいる勘九郎にだけ聞こえる声音で、桐野は囁いた。

勘九郎は直ちに了解した。

一言とて聞き返したり逡巡したりしてよい場面ではない。そのことを、勘九郎は、頭ではなく、膚《はだ》で知っていた。

それ故直ちに踵《きびす》を返した。

一度返せば、二度とは振り向かない。桐野があぁ言う以上、一瞬の躊躇《ためら》いが命取りになるということだ。

もとより、勘九郎が踵を返したときには、すでにそれと察した三郎兵衛が、総陽とその供の者たちを促し、逃走に入っている。

勘九郎は彼らの最後尾についた。

小屋の焼失で追っ手の何人かは始末できた筈だ、と桐野は言ったが、何人か、という以上、何人かは生き残っているのだ。

それらの者たちが、勘九郎らの退路に配備されていることは間違いない。

「四人だな」

気がつくと勘九郎の側にいた三郎兵衛が低く囁く。

「四人…ですね」

「儂が始末する。うぬは播磨守らを護れ」

「え？」

そっちの役は自分がやるから、祖父さんこそ、殿様を護れ、と言い返すより早く、三郎兵衛の四肢が空を舞っていた。

高く跳躍しながら抜刀した。抜刀すると同時に高く構える。

一瞬後、降り立つ。降り立ちざま、そこに待ち構えた敵を大上段から斬り下げる――。

「ぎゃッ」

瞬時に斬り上げると、すぐ隣りにいた敵を逆袈裟《ぎゃくげさ》に両断――。

瞬《まばた》きする間のその手際に、勘九郎は内心舌を巻くしかなかった。

「ぬぅ」

少し先で待ち構えていたあと二人の敵が、直ちに三郎兵衛に向かってくる。

二人してほぼ同時に襲いかかろうという意図など、そいつらの顔を見る前から承知している。

そもそも同時に襲うなどという芸当は、日頃から息を合わせることに慣れた者同士でなければかなわぬことだ。

大抵は、呼吸がずれ、どちらかが一瞬早まり、どちらかが一瞬遅れる。

その機微を、三郎兵衛は自ら作ってやった。

即ち、咄嗟に地摺《じす》り下段に構えた切っ尖で足下の土を穿《うが》ち、土埃《つちぼこり》を跳ね上げたのだ。

「うッ……」

土埃が目に入った男の動きが一瞬止まったことで、二人の動きにズレが生じた。

三郎兵衛は迷わずそいつではないほうの男の頸動脈を斬り、ひと呼吸おいて、もう一人の男を横殴りに薙《な》いだ刃で両断した。二人とも、ほぼ即死──。

四人を葬るのに、下館の主従が嘆声を漏らす暇すら与えなかった。

「なんだ。まるで手応えがないではないか」

「お庭番あがりというのは、あの堂神とかいう大坊主だけなんでしょう」

「桐野は大丈夫かな」

「大丈夫でしょう。桐野のほうが師匠らしいから」

三郎兵衛と勘九郎が小声で言葉を交わしたところで、

「さすがはお頭殿、お見事な腕じゃ！」

石川総陽が軽薄に手を打って喜んだ。

「で、これからどうするの？」

総陽の無邪気な笑顔に触発され、勘九郎は不安げに問う。

「下館に帰るのはいやだって言ってるのを、どうやって連れてくつもりだよ?」

「わかっておる。下館へ帰すのはとりあえず諦めよう」

「え?」

勘九郎は意外そうに祖父を熟視する。この頑固爺が、かくもあっさり己の意志を曲げるとは——。

「じゃ、どうするの? 桐野が堂神に負けるとは思わないけど、絶対勝つとも言いきれないでしょ」

「いや、とりあえずの行き先は決めた」

懐紙に拭った刀をゆっくりと鞘に戻しつつ、三郎兵衛は言った。

「とりあえずの行き先って?」

勘九郎はいよいよ不審を強めて問い返す。

「播磨守にとって、最も安全な隠れ家だ」

「何処だよ、安全な隠れ家って? まさか、うちか?」

「我が家も安全には違いないが、それより、もっと安全なところがある」

「だから、何処なんだよ?」

という勘九郎の問いには答えず、三郎兵衛は無言で淡く微笑していた。己の、その咄嗟の思いつきに、大いに満足したからに相違なかった。

一方桐野は、抜け道の終着点である祠の前から、一歩も動けぬままだった。

相対した堂神もまた、間合いギリギリでとどまったまま、一歩も動かぬままである。

「あいつら、逃げられたと思うか？」

挑発するような堂神の問いは、勿論無視した。

堂神と同じく墨染め衣の桐野は能のおもてさながら、顔色など毛ほども変えない。

答えぬままに、半刻が過ぎた。

「それそれ、その顔、ゾッとするほどいい女だぜ」

時折軽口を叩きつつも、堂神もまた一切動かない。

「いまはもう、師匠でも弟子でもねえんだから、口説いたっていいんだろ？」

顔つきこそは、遊廓の格子女郎でもひやかすかのように巫山戯《ふざけ》ているのに、体の芯は僅かも揺るがず、この先百年でも動かぬままではないかと思わせる。

「貴様は、しばらく会わぬあいだに、随分と卑しい人相になり果てたようだの、堂神」

ふと、それまで無言で堂神の言葉を受け流していた桐野が、はじめて自ら言葉を発した。

そのことに、堂神が全く狼狽《うろた》えなかったといえば、嘘になろう。

狼狽えた証拠に、堂神の手は、無意識に己の背にまわされ、そこに仕込んだ忍び刀の柄《つか》に触れていた。

「はじめて逢うた頃は、末は徳高き大僧正にでもなられるかと思うほど、高貴な顔をされておられたが——」

口の端を弛めて述べつつ、桐野は自ら一歩、前へ進み出た。

すると反射的に、堂神が退く。

「どうした？」

「…………」

「私が怖いか、堂神？」

「まさか」

堂神は即座に言い返したが、その語気には、既に最前までの元気はない。

どうやら長く対峙し過ぎたようだ。或いはこれも、桐野の仕掛けた術の効果かもしれない。

「恐れるなど……愛しく……思うておりますものを……」

余裕の軽口をきくつもりが、残念ながら、その声音は力のない掠《かす》れ声となった。

「では、どうする？」

桐野は更に歩を進める。

己が進めば堂神が退くとわかっているのだ。

「我らが顔を合わせて、このまま、刃を交えぬままですまされると思うたか？」

進みつつ、自らの背にまわされた桐野の利き手は、既に得物の柄を摑んでいる。

「ああ、すます気はねぇよッ」

応えるなり、堂神はやおら忍び刀を抜いた。

巧妙に隠し持った忍び刀を自ら抜くとき。

それは、己の間合いに敵を招じ入れ、最早絶対に逃さぬだけの自信を得たときにほかならない。

「成仏しろや、桐野ーッ」

耳朶《じだ》を突き破るような怒声とともに、堂神は刃をふるってきた。

桐野はそれでも微動だにせず、堂神のふるう刃を待ち受けた。

「うぎぁあああああーッ……」

気合とも怒声ともつかぬ凄まじい大音声とともに、堂神の切っ尖が一閃した。

# 第四章　招かれざる客

## 一

稲生正武は不機嫌に口を閉ざしたきり、暫《しばら》く無言で三郎兵衛を睨んでいた。

(こやつの仏頂面《ぶっちょうづら》を見ているとそれだけで、なんとのう、嬉しくなるのう)

三郎兵衛は内心喜んでいる。

その喜びがうっかり溢《こぼ》れ出ぬよう細心の注意を払いながら、同じような仏頂面で相《あい》対《たい》していた。

稲生正武にしてみれば、突然なんの前触れもなく不意討ちのように自邸を訪問された上、無理難題を押しつけられようとしている。

不機嫌になるべき当然の理由を与えられているというのに、その原因を作っている側も同様に不機嫌な仏頂面とは一体どういうわけだろう。

(おかしいではないか。そっちが厄介事を持ち込んできたのだぞ。何故そうも堂々としていられる。少しは小さくなっているべきではないか)

というのが、稲生正武の本音だ。

(なのにこの仕打ちは、あまりに理不尽ではないか)

できれば口に出して言いたいが、辛うじて堪えていた。

「急用じゃ、入れてくれ!」

先ず門前で大騒ぎをし、門番が仕方なく用人に案内させようとすると、

「かまわん。何度も訪れ、勝手知ったる家だ。案内《あない》は無用」

とズカズカ上がり込んできた。

しかも、得体の知れない胡乱《うろん》な者たちを何人も引き連れてきて、勝手に使者の間に入れてしまった。

その胡乱な者たちこそが、問題であった。

「おぬしがいま最も気にかけておる者を連れてきてやったぞ」

この上なく居丈高《いたけだか》な調子で三郎兵衛に言われたとき、稲生正武は正直ゾッとした。

居丈高ではあるが、満面に笑みを滲《にじ》ませていたのだ。

この男の笑顔は、仏頂面より数倍厄介《やっかい》である。

「はて、それがしが気にかけておる者とは？」

「決まっていよう。常陸下館藩主・石川播磨守総陽様じゃ」

「え？」

その名を聞いた瞬間、稲生正武の呼吸は止まりかけた。

「すまぬが、しばらくのあいだ、匿《かくま》ってやってくれ」

「どういうことでございます？」

さすがに顔色を変えて問い返した。

「刺客《しかく》につけ狙われておる」

「いえ、そうではなくて、何故《なにゆえ》下館藩主を松波様がお連れに……」

「ああ、それは別にどうでもよいじゃろう。たまたまだ」

「どうでもよくはございませぬぞ」

稲生正武の顔つきは次第に険しさを帯びてゆく。

「一藩の……それも御譜代の藩主が、参勤でもないのに江戸におるのは何故か、追及いたさねばなりますまい」

「火急《かきゅう》の際じゃ、それはどうでもよいじゃろう」

「どうでもよくはありませぬ」

　断固として、稲生正武は主張した。

「そもそも、藩主ともあろう者が与太者《よたもの》のような姿で江戸におるなど、ただごとではございません。……噂は矢張《やは》り真実だったのでございます。あの者、国許《くにもと》を出奔し、江戸で遊興に耽《ふけ》っておるのでございましょう」

「違う」

　三郎兵衛は否定した。

「何が違うのでございます？」

「拉致《らち》されたのだ」

　仕方なく、顔つき口調を改めて三郎兵衛は告げた。

「え？」

「何者かによって拉致され、無理矢理江戸に連れてこられたのだ。総陽の罪ではない」

「まさか」

「本当だ」

「では、一体何者が、そのような真似を？」

「さあな。江戸家老の小平とやらか、それとも国家老の大熊か。……何れにせよ、下館藩を己の恣《ほしいまま》にしようとする外道《げどう》の仕業《しわざ》であろう」

「……………」

「ご譜代の下館藩が、悪党どもによって食い物にされようとしているのだぞ。いまこそ、大目付の権限を持って、処断するべきではないのか、次左衛門」

三郎兵衛の見えすいた言葉など、もとより稲生正武は信じていない。

信じてはいないが、

「だからというて、何故当家でお預かりせねばなりませぬ？　左様な事情であれば、松波様のお屋敷でお匿いすればよいではありませぬか」

一応彼の顔を立て、信じているていで、問い返す。

兎に角いまは、三郎兵衛の口車に乗せられて厄介事を引き受けるより、断固突っぱねるべきだと考えたのだ。

「それが…儂の屋敷はまずいのだ」

それまで悠然と言葉を述べていた三郎兵衛の顔がはじめて曇る。

「なにが、まずいのでございます？」

そして、稲生正武もまた、強い口調でたたみかけた。

「儂は、総陽に対して未だ己の身分を明かしておらぬ。我が屋敷に連れていけば、身分を明かすことになるではないか」

「何故身分をお明かしになりませぬ？」

と問うたあとで、だが稲生正武は、

「では石川播磨は、松波様のことをなんと思うておるのです？」

すぐに質問を変え、穴でも穿《うが》つ目つきで三郎兵衛を凝視した。

「お庭番だ」

「え？」

「お庭番ということにしておるのだ。そのほうが、なにかと都合がよいからじゃ」

「…………」

「のう、よい判断であろう。……ここで大目付として表に出ては、悪党どもが警戒し、引っ込んでしまうかもしれぬ」

「それは、それがしが表に出ても同じ事ではございませぬか？　それがしの屋敷に藩主を匿えば、悪事を企む家老どもは警戒いたしますぞ」

「それはよいのだ」

別段意にも介さず、三郎兵衛は応える。

「え？」

「おぬしは元々江戸家老と気脈を通じておるのであろう。そのおぬしが総陽を屋敷に匿えば、奴らはおぬしが総陽を捕らえた、と思うだろう。悪事の仲間故、協力してくれた、とも思うはずだ」

「いや、それは……」

「それ故、ここは是非とも、おぬしの屋敷でなければならぬ」

「ちょ、ちょっと、お待ちくだされ、松波様」

稲生正武は俄《にわか》に焦りはじめる。

江戸家老の小平采女とは、確かに多少は誼《よしみ》を通じているが、だからといって、小平の悪巧《わるだく》みに、全力で加担するつもりもない。

「大名家の御家騒動に首を突っ込むな」と三郎兵衛に釘を刺されてから、確かにもっともだ、と考えはじめていた。

それに、正武とて、この程度のことで三郎兵衛と袂《たもと》を分かちたくはない。

ただ、貰った袖の下のぶんだけ、多少のことを目こぼししてやるくらいの腹づもりだった。

それ故、総陽を預かることで、小平から仲間と思われるなど、迷惑以外のなにものでもないのだ。

「それがしは別に、江戸家老と通じてなどおりませぬ。あの者が、勝手に近づいてきただけで……」

「おぬしらの繋がりなど、どうでもよい」

言い訳がましい稲生正武の言葉を、三郎兵衛は中途でピシャリと遮《さえぎ》った。

「兎に角、あの者らを、しばらく匿ってやってくれ。話が通じるよう、儂の身内も置いていく。儂の配下のお庭番ということにしておるから、適当に話を合わせてやってくれ」

「え？　松波様の御身内ですと？」

「孫だ」

「お孫様？」

「まあ、あまり気にするな。……それより、引き受けてもらえような？」

「それは……」

稲生正武は口ごもり、そのまま次の言葉を発さぬままに、時が過ぎた。

当然、機嫌のよい顔になるわけがないし、思案をしなければならぬだけに、厳しい表情にもなる。

（どういうつもりだ、《まむし》め。……一体儂になにをさせようというのだ）

稲生正武は完全に窮《きゅう》した。

窮したが故の、長い沈黙であった。

一方三郎兵衛のほうは、まさか断られるとは思っていないから、稲生正武の仏頂面を密かに楽しむ余裕もある。

長い沈黙の後、稲生正武は軽く嘆息した。

「それがしに、どうせよと仰有《おっしゃ》るのです、松波様？」

「だから、あの者たちを――」

「あの者たちを、それがしはどう扱えばよろしいのですか？」

「え？」

「御譜代の当主を、当家でどうもてなせと仰有《おっしゃ》るのです」

「それは……」

「どういう経緯で江戸におられるかわからぬ御方を、大目付が己の屋敷にて匿うことなど……」

「だから、藩主と知らねばよいのであろう。おぬしはあれが何処の誰かも知らぬまま、言われるままに預かった、ということにしておけばよいではないか」

「そんな……」

「但し、総陽に対しては、『ここは儂の信頼する御方の屋敷故、安心して世話になるがよい』と言ってある。屋敷の主人のことは詮索せぬように、ともな」

「…………」

「それに、知らぬふりをしてやったほうが、総陽のためでもある。己の正体を知られた上で大目付の屋敷に匿われているなど、いくらなんでも、いたたまれまい」

「だったら何故当家に連れてまいられたのです？」

「ここが最も安全だからに決まっておろう」

なんでそんなことを訊くんだ、と言わんばかりの顔で三郎兵衛は応じ、稲生正武は絶句した。

「…………」

稲生正武は、精も根も尽き果てた。

三郎兵衛との押し問答に、である。三郎兵衛の理屈は、すべて彼の言葉が真実であるならば、という前提のもとに成り立っている。

だが、稲生正武は、もとより三郎兵衛の言葉など信じてはいない。信じてもいないことについてあれこれ論じるほど、虚しいことはあるまい。

要するに、三郎兵衛の押しの強さに根負けしたのだ。

「それで、総陽を当家に匿うているあいだに、松波様はなにをされるおつもりか？」

「儂は、大熊を探す」

「大熊とは、国家老の大熊内膳のことでございますか？」

「ああ、そうだ」

「江戸におるのでございますか？」

眉を顰《しか》めて稲生正武は問うた。

藩主が藩主なら、家老も家老である。国許にいてこその国家老が、なんのつもりで江戸にやってきたのか。内心大いにあきれ返りつつ、

「一体、なにしに江戸へ来たのでございます？」

「なにをしに来たのかは知らぬが、総陽がそう言うた」

「総陽が？　もしや、示し合わせておるのでは？」

「いや、それはあるまい。『大熊がなんのために江戸に出て来ているのかを知らねば国許へは帰れぬ』とごねられた。仕方がないので、儂が捜して総陽のところへ連れてくることにした」

「松波様は、大熊の顔をご存知なのですか？」

「…………」

三郎兵衛は無言で稲生正武を見つめ返した。咄嗟《とっさ》に言葉が出なかったということは、蓋《けだ》し、ご存知ないに相違あるまい。

「顔を知らずに、どうやって捜すおつもりです？」

稲生正武は問うた。

別に意地悪を言うつもりではなく、本心からの問いであった。

きまり悪げな顔つきで口を噤《つぐ》んでしまった三郎兵衛を見るのは、正武にとって、多少なりとも心地よいものだった。

結局、大熊内膳の顔を知る者を一人供《とも》に連れていくことで、石川総陽は渋々納得した。

どうしても自分が行くと言ってきかぬ総陽を説得し、稲生の屋敷から一歩も出ぬよう言い聞かせるのは、簡単なことではなかった。

「お屋敷の外には、お命を狙う刺客がうようよしてございますぞ」

「もし万一、あなた様がこの屋敷より出入りするところを刺客に見られたら最後、屋敷の主人までが刺客の的となるのですぞ」

「そうなれば、最早《もはや》無事下館に戻られる術《すべ》はございませぬぞ」

「よいのですか、志 半《こころざしなか》ばですべてを失うことになっても——」

「大熊殿を探して、必ず殿のところへ連れてまいります。どうかここは、斎藤殿にお任せいたしましょう」

「穴山様の申されるとおりでございます」

最終的には、下館から来ている供の者たちまでが口を揃えて説得に協力した。

「そうか。……ならば、斎藤殿に、……頭《かしら》に頼むよりほか、手はないか」

総陽は自ら出向くことを諦めるしかなかった。

「いいじゃねえか、はるさん。そんな面倒なことは本職のお庭番に任せとけばいいんだよ」

一つには、勘九郎が総陽の側《そば》から離れなかったこともある。

「吉原へ行けねえのは残念だが、このお屋敷だって、頼めば酒くらいは出してくれるんだろ。楽しくやろうぜ、はるさん」

「それもそうだな、甚さん」

総陽は容易《たやす》く勘九郎の尻馬に乗った。

「外には刺客がうじゃうじゃいるんだもんな。護っていただけるあいだは、護っていただくほうがいいに決まってるな」

「そうだよ、はるさん。命のやりとりなんざ、できればしないにこしたことはないね。これ、長年お庭番勤めてきた俺の実感だよ」

(勘九郎には妙な才があるようだのう)

三郎兵衛は内心舌を巻く思いであった。

三郎兵衛が勘九郎を可愛《かわい》く思うのは、血を分けた実の孫であるから当然であろうが、桐野や銀二のような玄人《くろうと》までが容易く籠絡されている。

遊び人気質の石川総陽が親近感を感じるのは至極当然であったのかもしれない。

「甚さん……いえ、甚三郎殿が殿のお側にいてくださるおかげで、我らも安心でございます」

下館藩士・木下新十郎《しんじゆうろう》は、なにか言わねば三郎兵衛が気分を害するのではないかと思うのか、歩きながら頻《しき》りに話しかけてきた。

(喧《やかま》しい奴だな)

三郎兵衛は内心辟易《へきえき》している。

人選を誤ったかと後悔もした。

「甚三郎殿のような立派な後継ぎにめぐまれ、斎藤様もさぞやお心強いことかと存じます」

「なぁに、あやつの腕など、たいしたことはないぞ」

そのとってつけたような世辞が鼻につき、三郎兵衛はつい腐《くさ》したくなる。

「おぬしらも、国許では達人と呼ばれる腕前の持ち主ではないのか？……そうでなければ、供に選ばれるわけがないからのう」

「いえ、決して、そのような……」

木下は容易く恐縮した。

年の頃は二十代半ば。勘九郎と同じくらいか、或いは少し若いかもしれない。三郎兵衛のことをお庭番の頭《かしら》と信じているから、自然と緊張するのだろう。お庭番でそれほど緊張しているのだから、もし本当は大目付だと知れば、卒倒してしまうかもしれない。

「ところで、木下」

三郎兵衛はふと口調を変えて木下を顧みた。

「大熊内膳とはどのような男だ？」

「はて、どのような、とは？」

「播磨守様の話によれば、長年藩の金を着服している悪党だというではないか。そのような人物が長年藩の要職にあるなど、下館は一体どうなっておるのだ」

「大熊様は……」

言いかけて、だが木下はすぐに口を噤んだ。相手は御公儀のお庭番である。藩内の事情など、ペラペラと口にするべきではない。

三郎兵衛には木下の心中が手にとるようにわかったので、

「おぬしら供の者は、播磨守様が如何なるお考えで江戸と国許を自儘《じまま》に往来なされるのか、その本当の目的を存じておるのか？」

わざと話題を変えてみた。

「いいえ、存じませぬ」

木下は迷わず即答した。

「不安ではないのか？」

「殿の御為《おんため》に命を捨てるのが家臣の務め。不安なことなど、なにもございませぬ」

「なるほど、忠臣の鑑《かがみ》であるな」

三郎兵衛はひとまず褒《ほ》めた。

「いえ……」

木下が照れたように首を振る。だが三郎兵衛は、

「だが、そんなものは本当の忠義ではない。簡単に命を捨てるなどというのも、所詮《しょせん》匹夫《ひっぷ》の勇《ゆう》にすぎぬわ」

すぐに厳しく言い放つ。

「さ、斎藤様」

木下の顔色が瞬時に変わった。

匹夫の勇とまで蔑《さげす》まれて、当然愉快なわけがない。それ故、彼が忽《たちま》ち不快を露わにしてゆく前に、

「本当の忠臣であればな、殿のなさることに、間違いがあると思えば、たとえその御意志に逆らってでも諫言《かんげん》申し上げるものだ。違うか、木下?」

厳しい語調で言い、鋭く木下を睨み据えた。

「…………」

「答えよ、木下。違うか?」

「…………」

「上様の許しもなく勝手な真似をしていれば、何《いず》れ厳しいお咎《とが》めをうけることになる。そのときになって、如何《いか》にお前たちが命を捨てたところで、何にもならぬのだぞ」

「し、しかし……」

一方的に捲《まく》したてられ、木下は容易く窮する。

「殿には殿のお考えが……」

「どんなお考えだ？」

「そ、それは……」

「貴様に殿のお考えがわかると言うなら、申してみよ」

「それは……殿も仰《おお》せられたように、国許と江戸表の不仲を……」

「たわけめッ」

三郎兵衛は一喝《いっかつ》した。

「なにが国許だ、なにが江戸表だ。藩そのものがなくなってしまえば、国家老と江戸家老のくだらぬ諍《いさか》いもめでたく解決だ。喜べ、お前たちの殿は、そこまでお考えなのかもしれぬぞ」

「………」

「少しは知恵を働かせぬか。その頭は飾り物か」

「………」

木下はいまにも泣き出しそうな顔で三郎兵衛を見返してくる。捨てられた子犬のような顔を長く見つめていると、当然気が滅入る。

三郎兵衛は無言で歩を進めだした。

木下は無言でついてきた。三郎兵衛は無意識に足を速めたが、苦情も言わずに木下は従った。矢張り、そういう愚直さだけが彼の取り柄といえるのかもしれない。

「あ、あの、斎藤様……」

しばらく無言で三郎兵衛に従っていたが、遂に我慢できなくなったのだろう。木下はたまらず三郎兵衛に呼びかけた。

「なんだ？」

背中から、三郎兵衛は問い返す。

「あ、あのう……どちらに、向かわれておられるのでしょう？」

「知れたこと。下館藩の江戸屋敷よ」

「あ、どおりで……」

木下は納得し、ホッと安堵したようだ。

参勤にも随《したが》ったことがあるため、愛宕下《あたごした》のそのあたりの景色に見覚えがあったのだろう。

「国家老が何用あって江戸に出向いたかはわからぬが、真っ先に立ち寄るとすれば江戸屋敷に相違あるまい?」

「は、はい。まさしく――」

木下の顔が、忽ち明るくほころんだ。

捜すというから、あてもなく江戸じゅうを歩きまわることになると思っていたのだろう。勿論、大熊が、なんらかの悪巧みを実行にうつすため、密かに江戸入りした、ということは充分に考えられるし、その場合は江戸屋敷に立ち寄ることもないかもしれない。

が、木下にはそんな不安は全くないのか、江戸屋敷へ向かうための足どりが俄に軽くなったようだった。

二

「殿の行方が知れぬだと?」

愛宕下の上屋敷に到着した大熊内膳は、屋敷内にいた己の腹心からそのことを聞かされ、愕然《がくぜん》とした。

「どういうことだ?」

総陽が江戸に滞在する際の定宿を、もとより大熊は把握しており、常に見張らせてもいた。

苟《いやしく》も、御譜代の当主である。町人に身を窶《やつ》して下々の宿になど泊まり、万一のことがあってはならない。

総陽の身辺を護る六名は、もとより藩内の使い手の中でも選り抜きの六名だが、それでもまだ、心許ない。

それ故総陽の定宿を探らせた大熊は、総陽が江戸にいるあいだは常に目を離さぬよう、腹心の者たちに言いつけていた。

江戸家老の小平采女が、どうやら総陽暗殺を企んでいるらしい、と知れてからは、特に。

「殿のお宿が小平の手の者に知れ、火をかけられたのでございます」

「なんだとぉ!?」

「幸い、殿と供の者らは他行《たこう》中でありました故、事無《ことな》きを得ました」

「本当に、小平の仕業なのか？」

「おそらく。……外部の者を雇い入れたものと思われます。相当の手練《てだ》れにございます」

「なんだとぉ！」

大熊は再び吠えるように言う。

「小平めぇ、よくも……」

腹心の報告を聞いた大熊が動揺しているところへ、

「これはこれは、大熊様。急な御出府《ごしゅっぷ》、何事でございます」

大熊の来訪を知った江戸家老の小平采女が早速《さっそく》挨拶に来た。

「殿から授かった直々《じきじき》の密命だ。貴殿に話す必要はない」

とりつく島もない口調で大熊は応えたが、小平の勝ち誇ったような薄笑いに勝てた気はしなかった。元々、顔を見るだけで虫酸《むしず》の走る相手だが、嫌悪に加え、憎しみは更に倍増している。

「左様でございますか」

「貴殿こそ、これからお出かけのご様子だが、何処へ行かれる？」

「これは失礼。大熊様がおいでと知っておれば、おもてなしいたしましたのですが──」

「かまわん。儂にかまわず、さっさと行かれよ。何方《どなた》かとのお約束に遅れまするぞ」

「それでは、お言葉に甘えて失礼いたします。何れ《いず》また、日を改めまして──」

恭《うやうや》しく挨拶して去る小平の、その瀟洒《しょうしゃ》な黒紋付きの後ろ姿を、射殺《いころ》したい思いで、大熊は睨んでいた。

小平が乗り物に乗って江戸屋敷を出たのを確認してから、

「兎に角、殿の行方を追え」

大熊は、腹心たちに重ねて命じた。

しかし、じっと待つうちにいてもたってもいられなくなり、自らも微行《おしのび》で吉原に向かった。

が、全く勝手のわからぬ吉原で、田舎から出て来たばかりの大熊になにかができるわけもない。仲ノ町や茶屋通りをむなしくうろうろした挙げ句、突然の爆発騒ぎに巻き込まれた。

「な、なんじゃ、これは――」

「早く、逃げましょう」

下館から同行していた新野民部の機転がなければ、爆発した天水桶の側《そば》で狼狽《うろた》えるばかりの大熊は思いきり怪しい人物として、番所の与力か同心から、真っ先に訊問されたことだろう。

「あの爆発は、おそらく、小平の雇った者がしたことでございましょう」

足早にその場を逃れ、大急ぎで大門を出たところで、新野が言った。

「何故わかる？」

「あのとき、殿とすれ違いました」

「なんだと！」

大熊が声を荒げたのも無理はあるまい。

「何故、すぐに言わぬのだ!!」

「え？」

「儂が殿を捜していると知りながら、何故教えなかったのだ、たわけめッ」

「ご家老……」

「貴様、殿とすれ違いながら黙っておるとは、どういうつもりだ、民部ッ」

「あの場では、言えませぬ」

「だから、何故言えぬのだ」

「吉原で火薬を爆発させるような奴らでございますぞ。我らなど、瞬時に斬られてしまいます」

「貴様、殿よりも、己の命を惜しんだのか！」

「命を惜しんで、なにが悪いのでございます！」

「………」

逆ギレした民部から言い返され、即ち絶句したことで、大熊は漸《ようや》く冷静さを取り戻した。大熊が黙れば、民部が再び口を開く。

「それに、殿の側には、見馴れぬ者がおりました」

「見馴れぬ者だと？」

「殿を護っておるように見えました」

「何者だ？」

「わかりませぬ」

民部は力無く首を振った。

大熊もそれ以上執拗に問おうとはしなかった。定宿を失った総陽一行は、或いは江戸屋敷に身を寄せてくるかもしれない。

江戸屋敷に戻った大熊は、丸一日総陽の帰りを待った。

もとより、腹心たちを使って引き続き市中を探索させている。

しかし、一日待っても総陽ら一行が江戸屋敷を訪れることはなく、配下から、総陽を発見した、という報告を受けることもなかった。

（一体何処へ行ってしまわれたのだ？　それに、殿を護っておる見馴れぬ者とは何者なのだ?)

大熊は焦《あせ》った。

まさか、大熊の姿を吉原で見かけた総陽が、そのせいで下館への帰還を強硬に拒んで江戸にいるなどとは、夢にも知らない。

(殿……)

どうしようもないうつけとは思うものの、大熊にとっての総陽は、徹頭徹尾「殿」なのである。

今回総陽を追って江戸に来たのも、すべては総陽を脅《おびや》かそうとする者を除こうとの思惑故だった。それ故、

「殿は、或いは国許へお帰りになられたのではありますまいか」

気休めのような民部の言葉にも、耳を傾けた。

「そう思うか?」

「定宿を失い、手強《てごわ》い刺客に命を狙われておられるのですから、一刻も早く安全な国許へ帰ろうと思われる筈でございます」

と民部ごときに力強く主張されるまでもなく、大熊とてその可能性を考えぬではなかった。

それ故、下館へ向かう街道筋にも人を遣わしてあった。もしそれらしき者たちが通れば、直ちに知らせがある筈だ。

（小平めがはばをきかせておる屋敷でじっとしているのも面白うない）

遂に堪えきれなくなった大熊は、民部をはじめ数名の供を連れて再び江戸屋敷の外に出た。

なにより、小平と顔を合わせたくなかったし、もし合わせたら最後、

「なんの御用で江戸に参られました？」

と執拗に問われることになるのも面倒であった。

言うまでもなく、大熊には小平に言えるような、歴とした用事などはない。ただ、総陽の身になにかあっては一大事と思い、その身を案じて駆けつけてきたのだ。

（一体何処におられるのです、殿？　もしあなた様に万一のことがあれば、下館藩は……）

心中の焦りと懊悩がいまにも口をついて飛び出しそうになったところへ、

「卒爾《そつじ》ながら――」

ふと、声をかけられた。

「常陸下館藩国家老・大熊内膳殿とお見受けいたしまする」

（え？）

声には出さず、大熊は相手を熟視した。

紺飛白《こんがすり》の着流しに、渋い柿茶色の袖無し羽織という浪人風体《ふうてい》である。だが、深編み笠を被《かぶ》っているため、顔はわからない。

「斯様《かよう》なところにて失礼いたす」

と言いざま、その男は笠の縁を僅かに上げて顔を覗かせた。

勿論、大熊にとっては全く見覚えのない顔だ。

「それがし、公儀お庭番い組の頭、斎藤庄五郎と申します」

三郎兵衛が名乗った瞬間、大熊の表情は凍りついた。

（な、何故お庭番が？）

という驚愕と恐懼《きょうく》の表情で見返していると、

「故あって、石川播磨守様をお預かりしており申す」

「え？」

更に驚くべき言葉を述べられ、大熊は絶句するほかなかった。

（どういうことだ？　どういうことだ？　どういうことだ？）

疑問が、グルグルと頭の中を駆けめぐる。すると、凍りついた大熊の視界が不意に開ける。「大熊様！」三郎兵衛が後退《あとずさ》ったのだ。

後退った三郎兵衛の背後から、顔を出す者があった。

まだ若く、その顔にも多少見覚えがある。

「木下でございます。大熊様」

戸惑う大熊に、木下は名乗った。

「木下？」

三郎兵衛の背後から怖《お》ず怖ずと進み出て、深々と頭を下げる。

「殿のお供をしております、木下新十郎でございます」

「おお、あの木下か」

大熊は合点し、無意識に喜色を浮かべた。

「それで、殿はいま、どこにおられるのだ？」

「それがしの、存じ寄りのお屋敷におられます」

答えたのは三郎兵衛である。

「…………」

大熊は戸惑った。

木下新十郎は確かに下館藩の藩士に相違ない。その木下が、お庭番を名乗る謎の男と一緒にいることをどう受け止めればよいのか。大熊には、わかりかねた。

わからぬながらも、懸命に思案した。

「それで、殿はご無事なのか？」

思案の挙げ句、辛うじて、それだけは問うた。

「勿論、ご無事でござる。傷一つ負わせておりませぬ故、ご安心くだされ」

そして、今度も又、答えたのは三郎兵衛であった。

三

「せいろ一枚」

「あいよ」

店の小僧と板場の老爺のやりとりが、遠くから聞こえてきた。

三郎兵衛は静かに箸をおく。

いますぐ殿に会わせてくれ、という大熊内膳を宥《なだ》めるのは、少々骨が折れた。

総陽が稲生正武の屋敷に匿われていることは、既に小平の耳に入っていると思った

ほうがよい。そんなところへ、大熊を連れていくわけにはいかないという理由を、何度も丁寧に説明したのだが、

「兎に角、殿のご無事な姿をひと目なりともこの目で見たい」

の一点張りで、三郎兵衛を心底辟易《へきえき》させた。

(これは、箸にも棒にもかからぬ愚物《ぐぶつ》だ)

主君が主君なら、臣下も臣下だ、と内心呆《あき》れ返りつつ、

「大熊殿が江戸に参られた理由は、まことに播磨守様のお身を案じられてのことだけでございまするか？」

重ねて問うた。

「臣下が、主君の身を案ずる以外、なにがあると申される」

逆ギレの一歩手前まで興奮し、語気を荒げる大熊に対して、

「それほど大事な殿であれば、しっかり見張って、国許から出さねばよいではないかッ」

喉元まで出かかる言葉を、三郎兵衛は辛うじて呑み込んだ。

呑み込むとともに、

(この馬鹿にわからせるには、少しばかり恐い思いをさせねばなるまい)

些《いささ》か意地の悪い思いにかられた。

「勿論《もちろん》お会わせいたすが、播磨守様のおられる屋敷のまわりには小平采女の放った刺客の目が光ってござる」

「なんと！」

大熊はいちいち大仰《おおぎょう》に反応して、三郎兵衛を閉口させる。

「斯様に危険なところに殿を――」

「直参《じきさん》の屋敷を襲撃するほどの度胸が小平にあれば、いまごろ、殿様はとうに骨になっておられよう」

苛立《いらだ》ちを隠せぬ口調で三郎兵衛が言うと、大熊はさすがに黙るしかなかった。

黙り込んだ大熊が、漸く箸をとり、蕎麦《そば》を啜りはじめるのをしばし無言で見つめながら、だが三郎兵衛には、大熊が連れていた若侍と木下とが、一つ隣りの席で仲良く談笑しながら蕎麦を食べる様子が些か気になった。

こういう場合、蕎麦を食べながらでも、供の者は、大熊の動向には常に意識を向けているべきである。夢中でお喋りに興じていては、大熊の身に突然の危機が迫った場合、対応できない。お供の意味がないのである。

「大熊殿」

低く声を落として、三郎兵衛は呼びかけた。己の蕎麦は、とっくに食べ終えている。

「ん……」

大熊は箸を動かす手は止めず、チラッと目を上げて三郎兵衛を見返す。

直参であり、年長者でもある三郎兵衛に対して、とんでもない無礼ではあるが、大熊は相手をお庭番と思っているのだから、仕方ない。

お庭番の身分についてはよくわからないが、忍びとか間者《かんじゃ》の類《たぐい》と理解したのだろう。そういう役目の者は、人に非《あら》ず、という浅はかな認識から、大熊は、お庭番を名乗る三郎兵衛に対して横柄な態度で接してよい、という結論を下したようだ。

(これだから、ものを知らぬ田舎者は。お庭番は、上様と直《じか》に口をきくことのできる立派な直参だぞ。うぬら陪臣《ばいしん》なんぞより、身分は上だ)

という内心をひた隠しつつ、

「お供の方は、木下殿と旧知の間柄でござるか」

「お供の方?……あ、民部でござるか」

「民部殿?」

「新野民部。勘定方のものにござる」

答えつつも、大熊は蕎麦を啜り続けている。いざ箸を付けてみたらあまりに美味《びみ》で、箸が止まらなくなってしまったのだろう。三郎兵衛が案内した老舗《しにせ》の店なのだから、当然だ。

「ほぉう、勘定方でござるか」

わざと厭味《いやみ》な言い方をしてから、

「わざわざお供に選ばれるのですから、相当なお腕前なのでしょうな」

注意深く大熊を見て、三郎兵衛は述べた。

「え、民部が？」

口中の蕎麦を嚥下《えんか》しきってから、大熊は怪訝な顔をした。

「民部は、元々算盤《そろばん》の家の者で、幼き頃より算盤勘定に優れ、若くして勘定方に登用された俊才なれど、剣のほうはからきしでござる」

言い終えたときには、何故か笑顔になっている。

「そのような者を、何故お供に？」

眉を顰めて三郎兵衛は問うたが、大熊には、その問いの意味もわからなかったようだ。

「民部は、若輩者なれど、お家を思う心は誰にも負けぬ。此度《こたび》も、是非お連れ下さいませ、と熱心に懇願されてのう」

至極満足げな顔つきで言う大熊を、最早悪夢を見る思いで、三郎兵衛は見ている。

（御家を思う心だけですべての問題が解決するなら、誰も苦労せぬぞ）

と甚《はなは》だ呆れつつ、三郎兵衛は大熊に対するあらゆる感情を捨てることにした。

仮に、総陽の言うように、年貢の上前を掠《かす》めて蓄財しているような強欲な人物だとしても、御家に対して二心《にしん》のないことだけは間違いなさそうだ。総陽のことが心配であとを追ってきたというのも嘘ではないだろう。

そんな愚直な大熊だからこそ、単身江戸に来ていたことを、総陽も奇異と感じたに違いない。

「民部殿は、江戸在番であられたか？」

「いや、民部は江戸がはじめてでござるよ。それがしと同じじゃ」

「大熊殿ははじめてでござるか？」

「はじめてではないが、二十年ぶりでござる。…民部は今年で二十二、三。拙者がはじめて江戸に参った歳とおそらく同じくらいでござる」

「なるほど」

頷きつつ、三郎兵衛は無意識に表情を引き締めた。

国家老の大熊内膳が、主君への忠誠心は有り余るほどありながらも、その思いでなにかを成すことはおそらくあり得ないだろう。それどころか、彼の疎漏《そろう》な性格故に、下館藩の危機は去らない。

（どうやら手に負えない悪党は、小平釆女のほうらしいのう）

それを思うと、三郎兵衛の気持ちはいよいよ暗く沈み込んでゆくのだった。

# 四

下館藩江戸家老・小平釆女は、国家老筆頭の大熊内膳が主家《しゅか》の親戚筋にあたり、代々家老職を世襲している家柄であるのと違い、先代藩主・総茂によって見出《みいだ》され、登用された新参者である。

社交的で明るい性格を総茂に気に入られ、江戸家老にまで抜擢された。

江戸屋敷に仕《つか》える者は、国許から来ている者ばかりではなく、江戸で採用された者も少なくない。彼らにとっては、小平の出世は我がことのように嬉しかったが、国許にいる藩士にとっては、下館も——国替え前の領地であった伊勢神戸も知らぬ新参者など、到底同朋《どうぼう》ではあり得ない。

当然、新参者で成り上がりの小平を、大熊をはじめとする国許の者たちは嫌い、深く憎んだ。

小平は小平で、

（国許の者たちは馬鹿ばかりだな）

と内心せせら笑っている。

下館藩にも石川家にもなんの思い入れもない小平には、馬鹿殿と命運をともにする気などさらさらない。

（御家がなくなれば、己らが路頭に迷うということも、想像できぬのだな、代々一つの家に仕え続けてきた者たちには――）

小平が他藩の江戸家老や幕閣のお偉方と熱心に親交するようになったのは、代替わりした総陽のご乱行がはじまる以前のことである。

新しい藩主が英邁であれ、愚劣であれ、果たしてなにが起こるか、明日のことすらわからぬのが人の世というものだ。いつなにが起こっても困らぬよう、何事にも備えておくのが賢いやり方なのだ。

藩が取り潰しになったときのために次の勤め先を用意しておく。小平はこれまで、そうやって世の中を渡ってきた。

己が生まれた、西国《さいごく》の小藩のことはもう殆《ほとん》ど憶えていない。

持ち前の如才なさで、いくつかの家を渡り歩いた。

石川家に仕えるようになってすぐに、だが譜代とは名ばかりで、さほど裕福な家ではないということを知った。

直系ではなかったのはせめてもの救いだが、そもそも石川家の祖は、徳川家にとっては裏切り者の石川数正である。この先、日の目を見ようとも思えない。

(譜代と思うて仕えたが、少し早まったかな)

後悔しはじめた矢先、先代の総茂が亡くなった。

さほど裕福ではないとはいえ、藩の金をある程度自由にできる江戸家老という地位は魅力的だった。小平は暫く様子を見ることにした。

どうせ乗り替えるなら、少しでも大きな藩がいい。そう思って、大藩の江戸家老や藩の要職にある者たちとの交際にも益々《ますます》力を入れた。

小平の日常は、概《おおむ》ね多忙であった。

ほぼ毎日のように、料亭や楼閣で酒宴をはっては大盤振る舞いをした。

その甲斐あって、下館藩江戸家老の名は、そこそこ知れ渡るようになった。

(折角江戸家老の地位を得たのだ。他家に仕えてまた一から地位を築いてゆくよりは、この地位を守るほうが利口だな)

そう考えた小平は、この先藩を脅《おびや》かすかもしれない馬鹿殿を葬《ほうむ》り、己の意のままになる養子を藩主の座に据えようと考えはじめた。

養子は、かつての総陽がそうであったように親類縁者の子供がいくらでもいるが、あまり育ちすぎた子は望ましくない。

できれば物心のつかぬ幼児が望ましいが、手頃な子が見つからなかったときのことを考え、小平は、江戸屋敷にいる総陽の正室・由衣《ゆい》姫と懇《ねんご》ろになった。

正室の産んだ男児ならば、無条件で後継者にできる。総陽は、ちょくちょく江戸に出て来ていても上屋敷には全く寄りつかない。夫から愛されぬ女を籠絡するなど、小平のような男にとっては朝飯前だった。その甲斐あって、由衣姫は少し前に懐妊した。無論小平の子だ。昨年の参勤の折の子ということで、充分誤魔化せる筈だ。

だが、そのためには、総陽を密かに拉致して何処かに監禁し、男児の誕生を確認してから密かに病死してもらうのがよい。多少の無理を押し通すための根回しなら、充分にしてきたつもりだ。

有能な刺客を雇ったのは、総陽を殺すためではなく、無傷で拉致させるためだった。

密かに江戸に出た筈の総陽が消息を絶てば国許の大熊内膳はさぞや青ざめることだろう。だが、不祥事が外部に漏れることを恐れ、決して大騒ぎはしない筈だ。

寧《むし》ろ、藩の存続を考え、頼みもしないのに取り繕《つくろ》ってくれるに違いない。大熊とは、そういう男だ。

(だが、何故突然江戸に出て来おった、大熊)

小平は内心焦っていた。

まるで、己の悪巧みがすっかり露見したのではないか、と錯覚させられるかのような大熊の江戸入府である。なんの魂胆もないとは到底思えない。

(それに、あれから総陽の行方が知れぬというのも気になる)

苛立つ小平は、脇息に凭《もた》れた腕に無意識の力を込めた。

その途端、凭れきれずに腕が滑《すべ》り、

「うわッ」

小平はその場に肘《ひじ》を打って仰向けに倒れる。

「…………」

倒れた次の瞬間、小平の視界に不意に現れた黒い人影がある。

「小平采女殿」

次《つ》いで、その巨軀と異相に相応《ふさわ》しい底低い声音で名を呼ばれ、小平は即ち震えあがった。

「だ、誰だ？」

「たとえ金で雇うた者でも、一度は己が命《めい》を下した者の顔くらい、覚えておかれよ」

地の底から湧いてくるような低声で言い、言いざま堂神は、その場にドカッと腰を下ろした。

墨染めの僧衣をまとったその姿は、恐ろしい、という言葉以外では到底言い表せない。

「な、なんの用だ？」

恐ろしさに身を震わせながらも、懸命に小平は問うた。

「の、残りの礼金は、こちらの依頼を完遂《かんすい》してからという約束だった筈だが……や、やり遂げられたのかのう？」

懸命に己を奮い立たせて問う小平の言葉など、堂神はろくに聞いてもいない。

疲れた様子で深く溜め息をつくと、視線だけで射殺しそうな目で、小平を睨む。

「ぬけぬけと、よくぞ申すものよ」

満面を憎悪に染めた堂神の一言に、小平は容易く圧倒された。

「なにが、約束だ。はじめから約束を守っておらぬ者が、金輪際《こんりんざい》その言葉を口にするでない」

「………」

「金で雇われた賤《いや》しい虫けらにも、意地はある。約束どころか、嘘を吐《つ》いた者は絶対に許さぬ。覚悟めされい、ご家老殿――」

言葉とともに、堂神は錫杖《しゃくじょう》を握り直す。

そのときになって、小平ははじめて身の危険を感じた。

「ま、待たれよ、堂神殿――」

無意識に腰を浮かせつつ、小平は必死に言い募る。

「う、嘘など吐いておらぬ。貴殿に対して、だ、断じて嘘などついてはおりませぬぞ、堂神殿」

「黙れッ」

小平の卑屈な言い訳を、堂神は一喝《いっかつ》した。

「依頼を受けるにあたって、こちらが確認することはただ一つ。狙う相手に、お庭番など、公儀隠密の後ろ楯がないかどうか、それだけだ。貴様は、ない、と言った」

「ないからないと言ったのだ。…う、嘘ではない」

「ふざけるなッ。立派なお庭番が、貴様の殿を護っておったわッ」

「え？」

小平は耳を疑った。

堂神の激昂《げっこう》の意味が、小平にはさっぱりわかりかねた。

「まさか、そんな……」

それ故、茫然《ぼうぜん》と見つめ返すしかない。

「殿を、お庭番が護っているだと？」

「とぼけるなッ」

堂神の怒声が響き渡る。

「あれほど確認したのに、『絶対にない』と貴様は言ったな。そのおかげで、お庭番を……それも、よりによって己の師匠を敵にまわしてしまったわ」

「師匠？」

「貴様だけは、絶対に許さぬ」

座ったままで、堂神は、一旦脇に置いた錫杖を振り上げた。

「だ、誰かッ！　曲者《くせもの》じゃ!!」

小平は夢中で声を発する。

後ろ手に障子を開けて廊下に飛び出すと、

「曲者じゃーッ!!」

喉《のど》が嗄《か》れるほどの勢いで何度も喚《わめ》いたのに、一向に誰も出て来ない。それどころか、返事をする者すらいなかった。

（一体、どうなっているのだ？）

混乱を来《きた》すばかりの小平をしばし無言で見据えた後、

「誰も来ないぞ」

少しく気の毒そうに、堂神は言った。

「こんなにご立派なお屋敷の奥のほうまで、何故俺がこうも易々と入り込めているか、そのわけが、まだわからんのか？」

「…………」

小平の沈黙は、必ずしも堂神の言葉の意味を理解してのことではないだろう。

「貴様の家来など、一人もおらんぞ」

「ど、堂神殿！」

小平は懸命に言い募ろうとした。

「ま、間違いじゃ。なにかの間違いじゃ。お庭番のことなど、儂は、知らぬ。……間違いなのじゃ」

だが堂神は、その言い訳を全く聞いておらず、座ったままで錫杖を振り上げるとと

もに、

「この屋敷のしょぼい警護など、かつてお庭番であったこの俺にはなんの役にも立たぬということだ」

言った。

言い終えると同時に、錫杖を振り下ろす。

ぐぎゃッ、
爆《は》ぜるような音とともに、小平の傍《かたわ》らにあった脇息が粉砕された。

「ひ…ひゃッ」

小平は小さく悲鳴を発する。

大きく発したくても、声が出なかったのだ。

人は、恐怖の度合いがあまりに大きければ、身動きはおろか、声すらろくに出せなくなる。

次の瞬間、目の前の大坊主の手によって己の頭蓋《ずがい》が無惨に粉砕されるのか。

或いは、この場を凌《しの》いでなんとか生き延びることができたとしても、己の地位も下館藩もおしまいだ、という恐怖心と絶望が、小平の世界を一瞬にして破壊した。

# 五

「石川数正の遺産？」

勘九郎は無意識に酔眼を見開いた。

耳に馴染まぬ言葉に、束の間酔いの醒める心地がする。

「ああ、いまだにそんな与太話が、石川家には伝わっているんだ」

話し続ける総陽のほうも、もとより酔眼朦朧《すいがんもうろう》としているが、口調は存外しっかりしていた。

互いに、もう一升以上もの酒を飲み続けている。

綺麗どころも幇間《ほうかん》もおらず、鳴り物の一つすらない退屈な酒席だ。じっくり話し込む以外、他になにもすることがないから、当然酒はすすんでしまう。

「そもそも数正公が徳川家を裏切って豊臣に仕えたのも、気前のいい太閤から巨万の富を得ようとしたからだといわれているんだ」

「まさか」

「いや、数正公の裏切りの理由は結局わからずじまいじゃ。全くないとは言いきれな

「でも、数正公は御神君の側近中の側近でしょ。金のために寝返るなんて、あり得ないでしょ」

「甚さんはそう思うかい？」

「いや、わからないけど……」

「儂にもわからん。だが、あると信じて疑わぬ者がいる。その筆頭が、国家老の大熊内膳だ」

石川総陽はゆっくりと言葉を次ぐ。

「数正公が、信濃松本《しなのまつもと》の城主であった頃、隠し金山を幾つも所有していたと言われている」

「ああ、あの頃は、あのあたりで金がよく採れたらしいよね。……結局採り過ぎて、いまはもう出なくなっちゃったんでしょ」

勘九郎の呂律《ろれつ》は既にあやしい。

稲生正武の屋敷のはなれに匿われて既《すで》に二日が経った。

稲生正武は三郎兵衛との約束どおり、総陽主従《しゅじゅう》をきっちりともてなしていた。

総陽とその臣下たちは、この屋敷の主《あるじ》が誰か知るまいが、勘九郎は知っている。祖父と同じ大目付の屋敷であまり行儀の悪いふるまいはしたくないが、総陽たちに己の正体を知られぬためには、そこそこ無礼にふるまう必要がある。その匙加減《さじ》が難しい。

(なにをしても、こっちが覚えてなけりゃいいんだよな)

後日、祖父と稲生正武の仲が気まずくならぬためには、兎に角酔い潰れてしまおう、と勘九郎は考えた。

酔い潰れて、前後不覚になっておけば、後々問い詰められても、知らぬ存ぜぬで押し通せる。

「で、その遺産が、もし本当にあるとしたら、幾らぐらいになるの?」

呂律のまわらぬ口で、勘九郎は問う。

「さあ……十万両か百万両か……」

「隠し金山が本当に実在したなら、十万てことはないよ。少なくとも、百万以上にはなるでしょ」

「そ、そうかな」

「そうですよ」

勘九郎は強く主張した。

金のことを考えると、それだけで気持ちが高揚するのだろう。実際にその金をどうこうしようというつもりはない。

「それで、その隠し金山はいまどうなってるの？」

「どうもこうも、いまも松本藩のものであろうよ」

「だったら、その遺産とやらも、松本藩のものになっちゃってるのでは？」

「儂もそう思うのだが、だとすれば、何故そんな言い伝えがいまに到るまで石川家には遺っているのか、不思議ではないか？」

「う～ん、火のないところになんとやらってくらいだから、やっぱり何処かにあるんですかねぇ」

勘九郎は感心したように言い、また一杯、酒をあける。

「石川数正は、金をなにか別のものに換えて、子孫に遺そうとしたのかもしれないね」

「なにか別のものとは？」

「さあ、なんでしょうねぇ。……時代が移っても、価値の変わらないもの……」

「そんなものはない。遺産は矢張り、金なのだ。金のみが、この世で唯一価値が変わらぬものだ」

「そうかなぁ。なんか、他にもありそうな気がするんだけどなぁ」

頻《しき》りに首を捻《ひね》る勘九郎を、どこか楽しげな様子で見つめていた総陽だったが、ふと、唇辺に笑みを滲ませ、

「どうだ、甚さん、儂と一緒に捜してみぬか？」

さも楽しげな顔つきで勘九郎に問う。

「捜すって、なにを？」

「だから、数正公の遺産を」

「そんな暇ないでしょ。……はるさんは、お殿様なんだから」

「どうせこの不行状が幕府に露見すれば、蟄居《ちっきょ》か謹慎……その前に隠居して、養子に家督を譲れば、尾張殿と同様、御家の安泰は約束されよう。さすれば、隠居した儂は暇になる」

「だからって、好き勝手は許されないでしょう。……隠居した尾張様は、いまも江戸屋敷でおとなしく謹慎されてますよ」

「………」

言い負かされて、総陽は一旦口を閉ざすが、すぐ気を取り直して言い返す。

「それでも、いまよりはずっと暇で気楽な身分になる。……遺産を捜し出して、山分けしようではないか」

「そういうわけにはいかないでしょ。石川家に伝わる遺産なんだから」

「なんだ」

「なんです？」

「存外まともなことを言うんだな」

総陽は少なからず落胆し、また一杯、つまらなそうに盃《さかずき》の酒を干した。

「まともですよ」

勘九郎は勘九郎で、些か憮然とした。

一体自分はなんだと思われていたのか。気にはなったが、それ以上訊き返す気にもなれなかった。

「井坂《いさか》か？」

障子の奥から低く呼びかける声がする。

「はい。井坂でございます」

「入れ」

促されて、井坂は小さく屈《かが》み込んだままの姿勢でそっと障子を開け、その場で恭しく頭を下げてから座敷に入る。

座敷の奥に端座《たんざ》した稲生正武は書見台の上の書面から一瞬とて視線を外さず、

「聞いてきたか？」

顔も向けずに井坂に問うた。

「はい。聞いてまいりました」

「なにを話しておったか、片言隻句《へんげんせっく》漏らすことなく聞かせよ」

「はい」

入ってすぐのところに平伏した井坂は、その場から、顔も上げずに報告しようとするので、

「これ、近う寄らぬか」

正武は慌てて声をかけた。

三間ほども離れたところから、ボソボソと低声《こごえ》で話されたのでは、さすがに正武の耳には届かない。

「…………」

だが、用人の井坂はその場で逡巡したきり、すぐには動かない。やや腰を上げ、行こうかどうしようか、躊躇《ためら》う様子を見せる。いまどき殿中でもなかなか見られぬ、古式ゆかしい武家の礼法であるが、稲生正武はさすがに辟易している。が、

（いいから早く来い！）

心中の叫びは押し殺して、根気よく待った。

武家作法に通じた家来を抱えていることは、それだけでもちょっとした自慢なのだ。

だから、たとえ気持ちが急《せ》くときでも咎めることなく、あえてやらせている。

やがて、納得ゆくまで作法をし終えた井坂が、正武の側近くへ来た。

そして、ついさっき、はなれの外にひそんで盗み聞きしてきた会話を、主人の望みどおり、片言隻句誤ることなく話して聞かせた。

「ふうむ」

聞き終えると正武は、微《かす》かに嘆息を漏らした。

「数正公の遺産か……」

「はい」

独りごちるように正武は言い、井坂は律義に頷いた。

「酔っぱらいの戯言《たわごと》かのう？」

「酔っぱらいの戯言にございます」

「まだ飲んでおるのか？」

「いいえ、もう眠ってしまいました」

「そうか」

正武ははじめて書見台から視線を逸らし、目の前の井坂を見た。

「供の者たちはどうしておる？」

「松波様に同行した者以外は、皆、部屋の外で寝ずの番をしております」

「相変わらず、全員でか？」

「はい。全員でございます」

「愚かじゃのう」

正武の口許が少しく歪んだ。期せずして、笑みが滲んだのである。

「何人かずつ、交替で見張りをすれば、そのあいだ、他の何人かは眠ることができるものを。……そんなことにも気づかぬとは、まことに愚かじゃ」

「…………」

「あの者たちが……あの者たちだけが、播磨守に真の忠義を尽くす忠臣中の忠臣なのであろうが、その忠臣があぁも愚かでは、播磨守に生きる術《すべ》はないのう」

自ら首を傾げつつ言い、

「ああ、奴は隠居するのが希望なのであったな。ならば、よいか」

遂には口許を弛めて微笑した。

松波筑後守正春は、頼りにもなり、同時にとても厄介な相役でもあるが、一見一分の隙もない知恵者のようで、実は存外疎漏なところがある。

(わかっているようで、存外わかっておられぬ)

稲生正武は心の中でだけ、密かにほくそ笑んだ。

己が懸命に救おうとしている者の志が、救う価値もないほど低いと知れば、さぞや落ち込むことであろう。正武にとっては、意気消沈した三郎兵衛の顔を見ることが、いまからなによりの楽しみなのだった。

# 第五章　きぬぎぬの……

## 一

夜半、耳許に低く囁かれる声音で目が覚めた。

「甚さん、甚さん」

最初は耳朶《じだ》の底へと忍び入るが如く密《ひそ》やかに、次第に大きくなったのは、爆睡した勘九郎が一向に目を覚まさぬが故だろう。

「甚さん、甚さん」

「な…んだよ、はるさん？」

遂に根負けして、勘九郎は応えた。

目を瞑《つぶ》ったままで渋々問い返したのは、まだまだ起きたくはなかったからだ。

「もう、飲めないよ」

「起きてくれ、甚さん」

勘九郎の都合など委細かまわず、石川総陽は呼びかけ、尚かつ勘九郎の体を乱暴に揺り起こそうとする。その、存外強い力に、勘九郎は閉口した。

「一体なんですよ、はるさん？……こんな夜中に酒を所望するのは、いくらなんでも迷惑ですよ」

「酒ではない」

「じゃ、なんです？　厠《かわや》は、このはなれのすぐ外にあるでしょうが」

「厠でもない」

「なら、もう少し寝かせてください。……でないと、死にますよ」

「わかるが、頼む、起きてくれ、甚さん」

（だいたい俺は甚さんじゃねえし——）

と、理不尽な怒りに嘖《さいな》まれながらも、勘九郎は仕方なく目を開けた。

「なんです？」

「ここを出たい」

囁《ささや》く声音で、総陽は言う。

「え？」

「ここを出るのを、手伝ってくれないか、甚さん」

「…………」

「どうしても、儂はここを出なければならんのじゃ」

「ここを出て、何処へ行くおつもりです？」

同じく囁く声音で、勘九郎は問い返した。

「下館藩の上屋敷に」

「どうかしてるんですか？　上屋敷には、はるさんの命を狙ってる江戸家老がいるんでしょうが」

「だからこそ、だ」

「どういうことです？」

「小平釆女を成敗したい」

思いつめた声音で、総陽は言った。

「え？」

「このままでは、小平は上屋敷にいる儂の正室にもなにをするかわからん」

「どうして小平が、奥方様に危害を？」

「由衣……奥とは元々あまり仲がよくない。何年経っても、子もできぬしな。それを恨みに思い、しょっ中、実家に儂の行状を知らせておるのだ。奥の実家は、分家とはいえ紀州様《きしゅう》の御家門《ごかもん》。もし、儂の行状が実家経由で上様に知られれば、ただではすまぬ。それ故、小平にとっても邪魔者だ。小平は、下館藩を無傷のままで我がものとしたいのだからな」

「………」

(ああ、もう、なんか面倒くさいなぁ)

勘九郎は心中悲鳴をあげたくなった。

御家騒動も家中のごたごたも、彼の全く手に負えない問題だが、勘九郎にとって厄介なのは、総陽の気まぐれである。

つい数日前には、国家老の大熊が江戸に来ているから、大熊と会わねばならぬ、と言って下館への帰還を断固拒否した。三郎兵衛が大熊と接触し、「殿の身を案じて駆けつけてきただけだ」と知って、一応納得したが、今度は、奥方の身が心配だから上屋敷へ行く、と言う。

己の身一つ護れず、こうして匿《かくま》われている立場でありながら、あまりにも我《わ》が儘《まま》が過ぎる。

そのことに、自分で気づいていないのか、

「兎に角、一刻も早く上屋敷に行かねばならん」

の一点張りである。

「それなら、爺《じい》……じゃなかった、頭《かしら》に頼んで、様子を見に行ってもらえばいいでしょう。はるさんが自分で行くことはない。そこらじゅうに、刺客《しかく》の目が光ってるんです」

内心あきれ返りつつも、勘九郎が応えると、

「いや、いくら儂が腰抜けと雖《いえど》も、己の妻女のことを、赤の他人に頼むわけにはゆかぬ。自分でなんとかしたい」

総陽は平然と寝言のような言葉を吐く。

「なんとかしたいっていっても……」

勘九郎は困惑した。

総陽を、絶対に稲生家の屋敷の外へ出さぬことが、三郎兵衛から与えられた己の務めである。もししくじれば、

「うぬは、見張りもろくにできぬのかッ」

三郎兵衛から叱責されることは間違いない。

「余計なことはするくせに、言いつけられたことは何一つまともにできぬのかッ」

それも、口汚く罵《ののし》られることは必定《ひつじょう》だ。

「頼む、甚さん」

総陽は拝む仕草をしながら必死に懇願した。

「なあ、頼むよ」

「そう言われても……」

勘九郎は完全に窮《きゅう》した。

人に頼まれると、いやとは言えない。本当に困った性分だ。

(困るなぁ)

自分が一番、持てあましている。

「わかったよ、はるさん」

懸命に懇願する総陽の姿に心が痛んで、勘九郎はつい請け負ってしまった。

「力を貸してくれるか?」

「ちょっと待ってて、部屋の外で宿直《とのい》をしている屋敷の用人に訊いてくるから」

「いや、できれば、この屋敷の者に知られず、こっそりここを抜け出したいのだが
……」

「それは無理――」

と言いかけて、勘九郎はそのときはじめて、総陽が、お庭番の自分にその能力を期待していることに気づいて愕然とした。

確かに、本物のお庭番の能力があれば、それは可能なのかもしれない。

(困ったな……)

勘九郎は窮した。

勘九郎のみるところ、稲生家の警備体制はごく普通の武家屋敷のもので、本気で外に出ようと思えば、出られぬことはなさそうだった。

だが、そのためには、ごく普通の武士たちをある程度薙ぎ倒さねばならず、なまじ腕の立つ者がいれば、或いは傷つけてしまうかもしれない。

できればそれだけは避けたいのだ。

「爺さん……いや、頭《かしら》が、なにか言伝《ことづて》を残してないか、聞いてくるだけだよ。そうすれば、相手も安心するだろう」

「なるほど――」

「だから、ちょっと待ってて。ついでに、見張りが少なくて、抜け出せそうなところはないか見てくるから」

と言いおいて総陽を宥《なだ》め、勘九郎は部屋を出た。

部屋の外では、穴山をはじめとする者たちが鎮座し、寝ずの番をしている。恐いほど大真面目な顔つきをしているので、声はかけない。

この屋敷の者は皆味方なので、安心して休むようにと、いくら言い聞かせても聞き入れてくれない彼らの頑迷《がんめい》さには、勘九郎は内心辟易していた。


（こんなとき、せめて桐野がいてくれたらなぁ――）

勘九郎にとっては、それが最大の不安要素であった。

いつもなら、もうとっくに顔を見せてもよい頃だ。

だが、隠れ家を燃やして刺客たちを煙に巻いた後勘九郎らを無事に逃し、おそらく堂神という元お庭番と戦ったことだろう。

かつて師弟関係にあったらしい二人が戦えば、当然師である桐野のほうが有利な筈だ。

そう思い、なにも案じていなかったのだが、未だに戻ってきていない。

（まさか、桐野に限って……）

胸に萌《きざ》す不安を、勘九郎は懸命に打ち消した。

「用人殿」

はなれと渡り廊下を繋ぐ柱に向かって、勘九郎は呼びかけた。そこに、稲生家の用人が常時詰めている。

「なにかお持ちいたしまするか？」

如何にも実直そうな顔つきの中年の用人は即座に問い返す。

酒が欲しい、腹が減った、などと言えば、すぐさま用意し、はなれまで運んでくれる。まさに、至れり尽くせりだ。これほど居心地がよく、安全なところから、危険が待ち受けているところへ出ていきたいなど、正気の沙汰とは思えない。

が、正気とは思えないからこそ、勘九郎には些《いささ》か気がかりだった。

総陽の言うことは、一見無謀な我が儘にしか思えない。だが、考えもなく、ただ無謀な我が儘を一方的に押しつけてくるほど暗愚な殿様とは、思えぬふしがある。

それが勘九郎を迷わせ、悩ませている。

「実は、お願いがございまして……」

「お食事でございますか？　生憎《あいにく》竈《かまど》の火を落としておる時刻でありますす故、たいしたものはできませぬが」

「あ、いえ、そうではなくて……」

「では、なにがご入用でございます？」

「いえ、なにも……」

しばし口ごもってから、

「実は、主人《あるじ》が散歩に出たい、と言い出しまして……」

至極遠慮がちに、勘九郎は切り出す。

「え？」

「どうにも寝つけぬので、少し体を動かしたいと言い出しまして。……それで、ちょっと表に出てみれば気晴らしにもなりますし、よく眠れて体にもよいのではないかと……」

「それは……」

用人の井坂は忽《たちま》ち困惑した。

「如何でしょう。少しばかり、このあたりを散策させてはいただけませぬか？」

「いや、それは、ちょっと……」

「ほんの少し……このお屋敷のまわりを一周するくらいでございます」

「いや、し、しかし……」

井坂はさすがに難色を示す。

井坂は、主人である稲生正武から、決して多くを知らされているわけではない。ただ、主人から命《めい》を受けるだけのことだ。

はなれの中で交わされる会話を片言隻句聞き漏らさずに伝えよ、と命じられれば、そのとおりにする。

だがそれ以前に、はなれの客を外の敵から護る、という大前提がある。

「屋敷の中を、歩かれるというのでしたらかまわぬのですが……」

「実はそれがしも、そう申し上げたのですが、どうしても外に出たい、と言ってきません。困ったもので。……この時刻ですし、すぐに戻ってまいりますので、どうかお聞き届けいただけますまいか？」

「いや、しかし、外にお出になるとなれば、それがしの一存では決めかねます故、主人に聞いてまいります。しばしお待ちいただけますか」

井坂は直ちに立ち上がり、主人のいる母屋に向かって足早に歩き出した。

その姿勢のよい後ろ姿を見送りながら、

(気の毒に……)

心底申し訳なく勘九郎は思った。

稲生正武という人物のことを勘九郎はよく知らないが、もしこれが己の祖父であっ

たなら、

「たわけッ」

一喝《いっかつ》されることは間違いない。

「あの者たちを外に出してもよいかどうか、そんなことも己で判断できぬのか、うぬはッ」

三郎兵衛ならば、きっとそう怒鳴る。

井坂は、主人の許《もと》へお伺いをたてにゆくべきではなかった。だが、そう仕向けたのは勘九郎だ。仕向けておきながら、今更申し訳なく思っても遅いが、思わずにはおられぬ勘九郎であった。


（抜け道はどこだろう）

ひとまず井坂を遠ざけることに成功した勘九郎は、抜け道を捜すことにした。

以前桐野が、武家屋敷には大概《たいがい》、外と通じる抜け道があるものだ、と言っていたのを思い出したのだ。

（どこだろう？）

と首を傾げつつ、とりあえず厨《くりや》へ向かった。

過去、厨の竈の下に抜け道が掘られていた確率がかなり高かった。

それに、厨は無人だと聞いたばかりだ。

外から入って竈の上の鍋をどけ、中を覗き込むが、どうやら普通の竈のようだ。

「こちらのお屋敷の抜け道は、はなれの側《そば》にある古井戸の底でございます。三軒隣りのお屋敷の裏口に通じております」

まだ諦めずに厨周辺を捜索しようとする勘九郎の耳朶《じだ》へ、そっと囁かれる声がする。

「え？」

勘九郎は即ちその場に立ち尽くす。

「相変わらずですな、若」

「桐野？」

身を反転させるが、もとよりそこに桐野の姿はない。

「まさか本気で、播磨守様を屋敷の外へ出そうと思っているわけではありますまいな」

気配が全く感じられず、声だけが聞こえた。勘九郎は、最早桐野の姿を捜すことを諦めた。如何にまわりを見まわしたところで、そんなところにいるわけがない。

「いつ戻った？」

「とっくに――」

「え？」

「戻っておりました」

言うなり桐野は、戸惑う勘九郎の間合い寸前のところに音もなく降り立つ。

「無事だったのか？」とは言わず、勘九郎は無言で桐野を見返した。

「如何に稲生様のお屋敷とはいえ、小平の雇った者は道理の通じぬ相手でございますから、若お一人では心許《こころもと》のうございます。それ故、ずっと、見張っておりました」

「なんだ、そうなのか」

勘九郎は軽く嘆息する。

三郎兵衛からは、日に一度か二度、伝言があるだけであったから、総陽の警護はすっかり自分が一任されたものと思い込んでいた。

はじめから、桐野がこの屋敷を見張っていたのであれば、勘九郎の役目は総陽のおもり以外のなにものでもあるまい。

（なんだ、桐野が坊主にやられたのではないかなどと、心配して損した）

勘九郎が少なからず落胆したとき、

「それで、どうするおつもりです？」

冷たい声音で桐野が問う。

「え?」

「本当に、播磨守様を屋敷の外に連れ出すおつもりですか?」

「…………」

「困りますなぁ、勝手な真似をされては」

「だ、だが桐野、あれほど執拗《しつよう》に頼んでくるところをみると、なにかあるとは思わぬか?」

「勿論、なにかあるに決まっております」

「え?」

「あの御方は、はじめから我らに嘘ばかり吐いておられる。余程の秘密を抱えておられるのでございましょう」

「うつけのふりをしないと家老どもに殺されるとか、江戸と国許を和解させるとか、あれは全部、嘘なの?」

「そこが、播磨守様の抜け目のないところでございます」

桐野は少しく眉を顰《ひそ》め、渋い顔つきになる。

「すべてを嘘で塗り固めておれば、それが嘘だと容易《たやす》く知れまする。ところが、真実の中にさり気なく紛れ込ませた嘘は、見つけにくいものでございます」

「どういうこと？」

「つまり、当たり障りのない部分はすべて真実を語り、肝心のことだけ隠しておられる。相当な知恵者のやり方です」

「じゃあ、俺に、石川数正の遺産の話をしたのも？」

「当然、なんらかの意図があってのことでございます」

「………」

「兎に角、あの御方には、未だ我らにも告げておられぬ目的がございます。それは間違いありませぬ」

呆気《あっけ》にとられた勘九郎のために、桐野は淡々と結論を述べる。

「それ故、いまは播磨守様の望むとおりにするほか、ございませぬ」

「望むとおりに、って……ここから出すの？」

「そういたしましょう」

「いいの？」

「大殿も、それを望んでおられます」

「爺さんも？」

「大殿は、昨日登城され、上様にお目どおりなされました」

「上様に？　何故？」

「此度《こたび》の件をおさめるにあたって、全権を委《ゆだ》ねていただくという御墨付きをいただくために——」

「………」

勘九郎は思わず息を呑み、暗がりの中で桐野を凝視した。

だが桐野はその視線に応えることなく、どこまでも淡々としている。

「おわかりいただけましたな、若。おわかりいただけましたら、急ぎましょう」

「え、なにを？」

「播磨守様を連れ出すのでございましょう？」

「あ、ああ、そうだった」

「そろそろ足下の白む払暁のこの時刻は、外出するのに、まことにうってつけでございます。夜目のきかぬ播磨守様でも楽に歩けましょう」

「供の者たちはどうする？」

「足手まといは置いていきます」

桐野の言葉は情け容赦ない。

「もとより、播磨守様もそのおつもりでございましょう」

「何故、わかる？」

「連れていくつもりなら、あの者たちにもその旨話しておりましょう。ところが、この企《たくら》みを明かしましたのは若お一人――」

「そうか」

一旦は頷《うなず》き、納得するが、

「あ、でも……」

勘九郎はつとそのことに気づいて青ざめる。

「如何なされました？」

「桐野だって見てただろ。俺、用人に、『外に出ていいか』なんて、言っちゃったよ。用人は稲生殿にお伺いに行ったから、俺たちが外に出ようとしてることがバレちゃうよ」

「それでしたら、心配ご無用」

桐野の表情が少しく弛《ゆる》む。

それが、桐野なりの笑顔であることを知る勘九郎は絶句するしかない。

「御用人の井坂殿は、稲生様の許へお伺いになど、行きませせぬ故――」

「え?」

桐野の語尾が密かな含み笑いに変わるのを、信じられぬ思いで勘九郎は聞いた。

「若の願い出を、この時刻に主人の眠りを妨げてまで告げる用件とは、井坂殿は思うておられませぬ。それ故、しばし宿直の座を外れ、諦めてくれるであろう頃合いを見はからって、戻ってくるのでございます」

「そ、そうなの?」

勘九郎には、なお信じ難く思えた。

あの、実直そうで愚直そうで、善意の塊《かたまり》のようにも見える井坂が、主人に対しても客である自分に対しても、そんな詐術《さじゅつ》を行うとは。己の知らない大人の処世術のようなものを突き付けられて、勘九郎は容易く打ちのめされた。

「若?」

桐野が心配そうに覗き込む。

「あ、ああ……なら、いいんだ。よかった。……なら、早く、行かなきゃな」

が、勘九郎は懸命に取り繕《つくろ》い、自ら歩を進めだした。即ち、はなれに待つ総陽のもとへ戻るために。

桐野は無言であとに続く。

「本当は、わかってるんだろ？」

はなれに向かって足早に歩きながら、桐野でなければ聞き取れないほどの小声で、勘九郎は問いかけた。

「はい？」

「はるさん……いや、播磨守の本当の目的が」

「いえ、わかりませぬ」

だが、にべもなく桐野は言った。

「わからないのに、何故敢《あ》えて、はるさんを危険に曝そうとしてるんだ？」

「わかりませぬが、ただ慮《おもんぱか》ることはできます」

「だから、どう、慮ったんだよ？」

少しく苛立《いらだ》ったような勘九郎の問いに対する答えを、一瞬間桐野は躊躇《ためら》った。

しかる後、

「あの御方は、大熊も小平も、二人とも殺すつもりではないかと思われます」

いつもの口調で答えてくれた。

その答えが、己の予想からそれほど外れていなかったことに、勘九郎は辛うじて満足した。

二

「約束の倍の金をくれるなら、引き続き、あんたに雇われてやってもいいぞ」

目の前の脇息を粉々に叩き壊すという狼藉を働いたあとで、意外にも、ニッコリ笑って堂神は言った。

「え?」

悪鬼のような堂神の荒ぶる姿を見たばかりなので、小平は生きた心地もしていない。脇息の次は己の頭蓋が粉々に粉砕されるものと思い込んでいたのだ。すぐには返答ができなかった。

「どうなんだ、え?」

「…………」

「約束を破ったことを許してやった上に、引き続き雇われてやると言ってるんだぜ。倍の金を払うくらい、安いもんだろ?」

「そ、それは……」

「ああ、面倒くせえな。ぐずぐずしやがって、さっさと返答しねえなら、この足で殿様のとこへ行って洗いざらいぶちまけた上に、今度はあっちに雇ってもらって、てめえの首をもらいに来たっていいんだぜ」

「ま、待ってくれ！」

　小平采女は慌てて応えた。

「は、払う！……確か、五十両で雇ったのであったな。倍の百両払う」

　百両とは破格の金額だが、願いがかなうのであれば安いものだ。それにどうせ藩の金だから、己の懐《ふところ》が痛むわけではない。

「それでいいんだよ。すぐに殿様をかっ攫《さら》ってやるよ」

「だ、だが堂神…殿？」

　恐る恐る、小平は堂神をふり仰《あお》ぐ。

「なんだ？」

「殿の身辺は、お庭番によって護られているのであろう？……大丈夫なのか？」

「なあに、奴らの手並みは知り尽くしておるわ。なにしろ俺も元はお庭番だったのだからな。できれば奴らと戦いたくはなかったが、金のためなら話は別だ」

「…………」

「なんだその目は？　疑っておるのか？」

「い、いや……決してそのような……」

小平は夢中で首を横に振った。もしそうだ、などと言えば、今度こそ己の頭蓋は血煙をあげていたことだろう。

(本当に大丈夫なのかな?)

半信半疑で待つこと一日。

堂神は再び小平の許を訪れた。

「殿様をとっ捕まえて、赤坂《あかさか》の古寺に閉じ込めてきたぜ」

「赤坂? 何故そのようなところに?」

「しょうがねえだろ。そのあたりまで来たら、夜が明けはじめたんだ。人目についたら面倒だからな」

悪びれもせず堂神は言い、金を要求した。

俄《にわか》に信じかねた小平が金を出すのを渋ったため、

「では、空《から》の乗り物と一緒に来い」

と言う。乗り物に殿様を乗せて、小平の望む場所まで運ぼうという算段であった。

「そして、さっさと俺に金を払え」

「わ、わかった」

堂神の勢いにつり込まれるようにして小平は頷き、兎に角同道することになった。

通常、殿様が使用するのは蒔絵等の装飾が施された大名駕籠《かご》だが、目立つ上に担ぎ手も四人必要になってしまうので、二人で担げる権門《けんもん》駕籠にした。行きは空なのだから、小平が乗ってもよかったのだが、担ぎ手を疲れさせたくなかったため、歩くことにした。それに、赤坂ならば、それほど遠くはない。

そう思って歩いたのだが、すぐに疲れてしまった。

思えば、このところ出かける際は常に乗り物で、屋敷の外を歩いたことなど殆《ほとん》どない。

しかし、疲れたなどと言えば堂神になにを言われるかわからない、と恐れ、我慢して歩いた。無理して歩き、寺の山門の前まで来たところで、遂に足が止まった。

先の見えない石段を見た瞬間から、最早一歩も先へ進めそうになかった。

「なんだ、だらしがねえな」

堂神は当然顔を顰《しか》めた。

しかし、金を払ってもらうまでは一応客だという最低限の意識はあるのだろう。

「しょうがねえな。じゃあ、ここで待ってろ」

激しく舌打ちしながらも、空駕籠を引き連れて、堂神は軽やかに石段を上がっていった。
(いまは空駕籠だからいいが、下りは大変そうだな)
疲労困憊《こんぱい》で朦朧《もうろう》としかける頭で、考えるともなく、小平は考えた。

時が過ぎた。
堂神が小平を呼びに来たのが五ツ前。だが、既に陽《ひ》が高い。ふた時以上は過ぎたのだ。
それだけの時を石段に腰かけて過ごしたため、小平の足も回復していた。
(遅いな)
堂神の戻りが遅いことを奇異に思うだけの余裕も生じた。
それでも、自ら石段を上ることは躊躇われ、なお一刻ほども待った。
(なにかあったのではないか?)
さすがに不安になり、無意識に、重い腰が易々と浮いた。
重い腰が上がれば、即ち歩を進めるしかない。
(行ってみるか)
仕方なく、石段を上った。

る。

（ったく、なんだって）

石段を上りきったところで、一旦足を止め、呼吸を整えた。

それから呼吸を整えつつ、ゆっくりと歩を進める。目的の場所は、まだかなり先のようだ。鬱蒼《うっそう》と雑木が生い茂る先には、お堂のような建物の屋根の端だけが覗いている。

小平はふと、足を止めた。

視界の先に、誰かがいる。

はじめは堂神かと思ったのだが、服装も体格も全然違う。

相手の姿が漸《ようや》くはっきり見えはじめたあたりで、小平は無意識に足を止めた。

（まさか、大熊内膳？）

半信半疑で目を細めた瞬間、

「遅いではないか、釆女」

行く手に立ちはだかった大熊内膳が傲然と言い放つ。

「こんなところまでわざわざ呼び出しておいて、遅れてくるとは何事かッ」

「え？」

「呼びつけた上に待たせるとは、無礼千万だぞ、釆女ッ」

「それがしは大熊様を呼びつけた覚えはござらぬが……」

わけがわからぬ小平は怖《お》ず怖ずと言い返すが、

「黙れ、奸物ッ」

頭ごなしに一喝された。

そのほぼ同じ瞬間、
ひゅッ、
と、鋭く、小平の鬢《びん》を掠《かす》めたものがある。驚いて身を捩《よじ》ると、僅かに逸れた矢が、小平の足下に突き立った。

明らかに、小平を狙って放たれた矢だが、射手の姿は何処にも見あたらない。

「なにをなさる、大熊殿ッ」

小平は思わず声を荒げた。

と同時に、無意識に後退《あとずさ》る。伏兵や仕掛けの罠を警戒すべきだということに、漸く思いいたったのだ。

「闇討ちとは卑怯千万《ひきょうせんばん》！　一国のご家老のなさることかッ！」

青ざめながらも、小平は怒鳴った。

だが、その直後、今度は小平の背後から放たれた矢が、大熊の頰のあたりを掠めている。

「うぬ、おのれ！」

大熊内膳は激昂《げっこう》した。

矢を放ったのは、当然小平の手の者と思っている。

「なにが必ず一人で来い、だ!!　貴様こそ、儂を呼び出した目的は卑怯な闇討ちではないか！」

「だから、それがしはご家老のことなど呼び出してはおらぬ。卑怯な罠をしかけてそれがしを誘《おび》き出したのはそちらであろうがッ」

「なにを抜かすか、この極悪人めがッ。殿のお命を狙うだけでも許し難いことであるのに、剰《あまつさ》え、この儂をも亡き者にせんと企むとはッ!!」

「そのお言葉、そっくりそちらにお返ししますぞ、ご家老ッ」

「うぬ、腐れきった奸物め。こうなればもう、我が手で成敗してくれるわッ」

「成敗されてたまるか」

先ず大熊が鯉口《こいぐち》を切って抜刀し、すぐに小平も刀を抜いた。

最早《もはや》、退くに退けないところまできてしまった二人は、ともに刀を上段に構える。

如何にも真剣を手にしたことのない者同士とひと目でわかるひどい構えだが、当人同士にその自覚はない。

ともに、生まれて初めて知る真剣の感触と重みに内心ビクつきながらも、

「おおあああああぁ〜ッ」

「やあぁぁぁぁぁ〜ッ」

人並み以上の気合を発して前進した。

もう、あと一歩か二歩で間合いに入る、というところで、だが二人は唐突に前進を止めた。

不意に、間合いまであと一歩のところで足を止めて佇立《ちょりつ》したかと思ったら、次の瞬間、ともにその場で頽《くずお》れた。即ち、顔面から、前のめりに倒れ込む。

背後から、ともに後頭部を強打されて昏倒したのだ。

「大丈夫かなぁ？」

大熊を昏倒させた勘九郎は、些か自信のなさそうな顔つきであった。

「なんだ、そのしけた面《つら》は——」

小平を襲ったのは、三郎兵衛である。

「苦手《にがて》なんだよ。……加減がわからなくて……思いきり殴ったりして、ホントに死んじゃったらどうするの」

「別にかまわんだろう」

「え？」

「二人とも、己の主君を主君とも思わぬ極悪人だ。死んでしもうたところで、どうということはあるまい」

「……………」

三郎兵衛の冷淡な言葉に、勘九郎は容易く言葉を失った。

剛毅なことでは人後に落ちぬ祖父であるが、人の命を屁《へ》とも思わぬ不遜《ふそん》さとは無縁の人だと思っていた。

「よいから、さっさとそやつを縛れ」

勘九郎の心中を知ってか知らずか、殊更《ことさら》冷たく三郎兵衛は命じた。

「斯様《かよう》な茶番は、さっさと済ますに限るのだ」

「はい」

「それにしても……棟打《むねう》ち一つまともにできぬのでは、最早貴様にはなにも用を言いつけられぬぞ」

「できないわけじゃないよ」

不貞腐れたように言い、勘九郎は昏倒した大熊の体に縄をうつ。勘九郎が大熊を縛り終えるよりも、三郎兵衛が小平を縛り終えるほうが遥かに早かった。

南町奉行時代、捕り物の場に自ら出向き、罪人に縄をうった経験は一度や二度ではない。手慣れているのは当然であった。

三

「ううう……」

低い呻き声が耳朶《じだ》に響いてきた。

「ううっ……」

その呻き声に呼応するかの如く、己の口からも無意識の声が漏れる。

「うう……」

耳朶にひっそり忍び入るその声は、不快以外のなにものでもなかった。

たおやかな女の溜め息であればまだしも、男の——それもかなり嗄《しわが》れた男の呻《うめ》き声なのだ。耳許で男の呻き声を聞かされるほどの苦痛も滅多にない。

(ああ、夢なら醒めてくれ!)

その苦痛に堪《た》えられず、小平釆女は心ならずも目覚めた。

「あああ〜〜」

　思わず悲鳴が口をつく。

「やっと起きたか。もう暮《くれ》六ツ過ぎだぞ」

　目覚めた視線の先に、いま一番見たくなかった者の顔がある。

「気分はどうだ？」

「殿……」

「ここは冥土《めぃど》だ、よく来たな、と言いたいところだが、残念ながら、まだ生きておるぞ、采女」

　石川総陽は、これまで一度も家臣に見せたことのない表情で、小平をじっと見据えている。

「殿、こ、これは一体、どういう……」

　思わず腰を浮かそうとして、己が縄に縛られていて、しかもなにか重石《おもし》のようなものに括《くく》り付けられていると気づいた。重石に括られているので立ち上がることができず、縛られているため身動きもできない。

「うぉッ」

　不意に、背後で不快な呻き声がした。

夢の中で聞いた、あのいやな呻き声である。

「と、殿！」

呻き声が、突如低い呼び声に変わった。

小平と背中合わせに括られていた大熊が、少し遅れて正気づいたのだ。

「おお、大熊も目覚めたか。お前たち、日頃は仇同士《かたき》のようであるのに、なかなかに気が合うではないか」

総陽は明らかに面白がっている。

「殿、一体、これはどうしたことでございまする」

大熊の声音がすぐ背後から聞こえたことで、小平は漸く、己を拘束している重石の正体を知った。

大熊と小平は背中合わせに括られているのだ。

が、それを知ったところで、最悪のこの状況が変わるわけではない。

「殿、ここは一体何処なのでございます？」

神妙な顔つきで、小平は問うた。

二人が身動きできぬほどきつく縛り上げられていて、その生殺与奪《せいさつよだつ》の権を握っているのが総陽だということが、容易に理解できたからだ。

「殿！　殿！」

一方大熊は、己の身に起きた事態が全く理解できず、ただ騒ぐばかりである。いま最も聞きたくない声が耳朶に直接響くので、小平は内心辟易した。

暮六ツ過ぎなら、外にはもう夜の帳《とばり》がおりていよう。

明かり取りの窓もない暗がりの中で、数間先にいる総陽の顔以外、なにも見えない。そのため、不安になるのは無理もないが、己と大熊を捕らえた張本人である総陽に向かってその不安を訴えるのは、些か筋違いであろう、と小平は思った。

「何処だと思う？」

一度も見たことのない不気味な笑みを浮かべつつ、総陽は小平に問い返す。

「…………」

総陽のその笑みに、小平は震えた。いまのいままで、猫だと思って頭を撫でていた生き物が、実は虎の子だった。それくらいの衝撃であった。

「殿！　これは一体……殿！」

意味の通らぬ言葉を声高に発し続ける大熊に対して、

「黙れッ」

総陽は厳しく一喝した。

親ほどの歳の大熊に対して、そんな頭ごなしの怒声を総陽が発したのは、おそらくはじめてのことだ。

「黙らねば、お前から先に地獄へ送るぞ」

恐ろしい言葉を投げかけられたというのに、言葉よりも、それを吐いている総陽のことが数倍恐ろしく感じられた。

「殿……」

「儂が問うまで、黙っておれ、内膳。もし、問われもせぬのに口を開けば、次は容赦せぬぞ」

総陽は傲然と言い放った。

大熊は口を噤《つぐ》み、小平は懸命に思案を凝《こ》らした。

いま目の間にいる総陽は、自分たちのよく知る総陽とはまるで別人のようだ。そうである以上、言うことを聞かねば、なにをされるかわからない。それだけは、はっきりわかる。

「では、目が覚めた順に聞くか。先ずはお前からだ、采女」

「は、はい？」

「先代の総茂公に毒を盛ったのは貴様か？」

「え？」

「御先代を殺したのは貴様かと聞いているのだ、釆女」

「め、滅相もございませぬ」

小平は懸命に首を振り、振りつつ言い募る。

「そ、それがしは、ご存知のように御先代によって見出《みいだ》され、お引き立ていただいていまの地位を得ております。……御先代はそれがしにとって大恩ある御方。そのような御方に、何故毒を盛ったりいたしましょうか」

「そうか」

「御先代を害するとすれば、寧《むし》ろ、それがしのような余所者《よそもの》が登用されたことを快く思わぬ方々……代々御当家にお仕えしているご重臣の方々ではございませぬか？」

「なるほど」

総陽は深々と頷いて、

「自らは手を下していないが、毒殺であることは認めるのだな」

鋭く小平に問い返す。

「え？」

「御先代の死には確かに不審な点が多かったが、誰も毒を疑った者はおらぬ。当時転封のご心労で病《やまい》がちだった御先代の急死を、嘆く者はあっても、それほど奇異に思う者はいなかった。儂以外にはな」

「…………」

「だが、そちは毒殺を否定もせずに認めた。なにか、思い当たるふしがあるからなのだろうな」

「いえ、それは……」

「では今度はお前に訊こう、大熊。先代に毒を盛ったのはお前か？」

語るに落ちたことに狼狽《うろた》えた小平を黙殺し、総陽は大熊の側《がわ》にまわり込んだ。

「違いまする」

大熊は激しく頭《かぶり》を振った。

「何故それがしが左様な真似を……」

その声音は最早泣き声にひとしい。

「それがしは……大殿とは竹馬《ちくば》の友でございますぞ。なんで、それがしが大殿を……い、伊勢の…神戸の頃より、ともに書を学び、剣の腕を競った仲でございます」

「だが貴様は、その神戸の頃より、コソコソと年貢米を掠《かす》め、蓄財に励んでおったではないか。大殿はすべてご存知であられたぞ」

「……………」

「己の不正が露見した故、毒を盛ったのではないか？」

「違います！　断じて左様な真似はしておりませぬッ」

「では何故、いまもなお、不正を行っておる。大殿からも、お叱りをうけたのではなかったか？」

「……………」

大熊は言葉もなく項垂《うなだ》れた。

「矢張りお前か、大熊？　お前の仕業《しわざ》なのか？」

項垂れた大熊に、総陽の言葉が容赦なく降り注ぐ。

「ち、違います！」

大熊は必死で首を振る。

「なにが違うのだッ」

総陽の怒声が一際高く暗がりに響く。

声の響き方からして、どうやらあまり広い場所ではないようだった。

大熊の醜態を背中越しに察しつつ、小平は抜け目なく思案した。

（なんとか、罪を大熊になすりつけてこの場を逃れられぬものか）

うつけと侮《あなど》っていた総陽から厳しく糾弾されたことで、大熊はすっかり狼狽《うろた》え、混乱している。

こういう場合、狼狽えている者ほど怪しく見える。それ故小平は、極力冷静を保つように努めた。

なんといっても、本当に分《ぶ》が悪いのは毒殺を認めてしまった小平のほうなのだ。それは小平も気づいている。

(この儂が、こんなことで躓《つまず》いてなるものか。なんとしても、言い逃れてやる)

「殿——」

小平はつい自ら総陽に呼びかけた。

「小平ーッ」

その途端、総陽は激昂した。

「貴様、儂の言葉を聞いておらなんだのかぁッ」

言いざま、手にした刀の切っ尖を小平の喉元《のどもと》へと突き付ける。

「ひッ……」

「儂が訊くまで、黙っていろと申し付けた筈だぞ。勝手に口をきけば殺す、とも言った。忘れたか?」

「い、いえ、忘れたわけではございませぬ」

「ではなんだ？　死にたいのか？」

「いいえ……」

「言うておくが、あわよくば言い逃れようなどとは思うなよ、小平。うぬのやったことなど、こっちはとっくにお見通しなのだ」

「…………」

「本来ならば、言い訳など聞くまでもなく即刻打ち首にすべきところ、わざわざ機会を与えてやっているのだ。その温情に謝する気持ちがあるなら、なにもかも、洗いざらい、うぬらの口で事の次第を告げ、謝罪せよ」

切っ尖を、小平の喉元に突き付けたままで総陽はなお傲然《ごうぜん》と言い放つ。

「…………」

小平は絶句したきり、口を噤むしかなかった。

「白状なんて、するわけないだろ」

「これ――」

思わず口走る勘九郎の袂を掴み、三郎兵衛が強く引く。

祠《ほこら》の中の話し声は漏れなく聞こえているが、祠の外の囁き声が中に聞こえてしまうことはないだろう。それくらい、総陽の話し声が大きく響いていた。

そのことに、三郎兵衛もすぐ気づいたのだろう。勘九郎を制するのをやめた。

「こんなことして、なんになるの？」

勘九郎は、それでも精一杯声を落として三郎兵衛に問う。

「どうせ最後は二人とも殺すつもりなんだから、まだるっこしいことしてねえで、さっさと手討ちにすればいいのに」

「石川家に仕えて日の浅い小平は兎も角、代々仕えている大熊のほうはそうもゆかぬだろう」

「だからって、あんな問答に意味があるとは、俺には到底思えないね」

「はるさんなどと呼んで馴染んでおったのに、存外冷たい奴じゃのう」

「なんでだよ」

三郎兵衛の言葉に、勘九郎は多少憮然とした。

「俺はただ、こんな無駄なことしてなんになるのか不思議で仕方ないだけだよ」

「播磨守はな、この日のために、何年ものあいだ、つらい芝居を続けてきたのだ。あっさり殺しては勿体《もったい》ないだろうが」

「つらい芝居をしてたとは思えないけどね。寧ろ、楽しそうに見えましたけどね」

勘九郎は軽く舌を打つ。

「それほど、恨みが深いのであろうよ」

三郎兵衛の低い呟《つぶや》きには密かに同意するものの、勘九郎はなお首を傾げている。

「けど、いくら問い詰めたって、あいつら言い逃れるばかりで、白状なんかするもんか」

「わからんぞ。なんのために、こんな舞台をお膳立てしてやったと思う？」

「それはそうと、あの堂神ってやつ、なんで小平を連れて来てくれたんだよ？」

「桐野とは旧知の間柄なのであろう」

「でも、小平に雇われてたんじゃねぇのかよ」

「………………」

「ったく、どうなってんだよ」

「儂らが知らずともよいことだ」

「えっ」

しばしの沈黙の後、三郎兵衛が口にした言葉に、勘九郎は耳を疑った。だが、聞き返すことはできなかった。聞き返してはいけないように思えたのだ。

「みろ、二人とも黙っちまったじゃないか」

そのかわり、話題を変えた。

「まだ、はじまったばかりではないか」

そう言うと、三郎兵衛はニヤリと口の端を弛めて笑った。

この上なく不気味な笑顔であった。


稲生正武の屋敷を抜け出すこと自体は、たいした問題ではなかった。

桐野が見つけた抜け道を使えば、出口まで、四半刻とかからない。あとは払暁の道を、ひたすら目的地に向かって進むだけだった。

「本当に江戸屋敷に行く気なの？」

勘九郎は堪《たま》りかねて総陽に問うた。

虎之御門外の稲生正武の屋敷から、愛宕下の大名小路はそれほど遠くない。寧ろ、近い。急がずとも、半刻とかからず着いてしまうだろう。

「なあ、はるさん？」

「………」

「なんで今更、江戸屋敷なんだよ？」

「仇《かたき》を討ちたいのだ」

ふと足を止めて、総陽は重い口を漸く開いた。

「仇？」

「大熊か小平のどちらかが、御先代・総茂公に毒を盛ったのだ」

「え？」

「大熊と小平のどちらか……或いは二人とも、御先代を殺した下手人《げしゆにん》なのだ」

「本当なの？」

総陽からの衝撃の告白も、半信半疑で勘九郎は聞いた。

これまで、総陽には嘘ばかり吐《つ》かれてきた。

寝耳に水のような話を、俄に信じられるわけがない。

「信じてもらえなくても仕方ない。だが、本当なのだ、甚さん」

「信じないとは言ってないよ。でも、なんでいまごろになって？」

「仕方ないだろう。お庭番に捕まったのだから。もし捕まらねば、こうも急ぐ必要はなかったが、捕まってしまった以上、最早いましか機会はあるまい」

「捕まった、って……別に、捕まえたつもりはないよ」

「だが、見張っていたではないか」

「そう……だけど……」

「お庭番が見張っていたということは、幕府にとって危険人物と見なされていたからであろう。近々なんらかのお叱りを受けることになるのは決まったようなものだ」

「それを覚悟の上で、こんなことしてたんだろ？」

「そうだ。だから、お叱りを受け、なんらかの処分をくらう前に、奴らを成敗しておきたかった」

「奴らって、大熊と小平のこと？」

「儂一人が蟄居《ちっきょ》なり切腹なりの処分をうけながら、奴らがのうのうと生き残るのかと思うと、我慢ならんのだ」

「だったら、こんなことになる前に殺しておけばよかったじゃないか」

「………」

勘九郎の指摘に一言も返せず、深く項垂れてしまった総陽の顔が、勘九郎には堪らない。

日頃朗《ほが》らかに思える者の落ち込んだ表情は、名状しがたい悲哀に満ちていた。

勘九郎は容易くその表情に絆《ほだ》された。

「ああ、もう、しょうがないなぁ」

両手で頭をかきむしりながら、振り絞る声音で勘九郎は言った。

「手伝えばいいんだろ、手伝えば――」

「よいのか？」

「しょうがないだろ、ここまで関わっちまたんだから。はるさんの好きなようにしろよ」

「ありがとう、甚さん」

そのとき、勘九郎の手をとり、満面に喜色を漲《みなぎ》らせた総陽の顔を見た瞬間、勘九郎は大きく頷いていた。

そうだ。この表情が見られるなら、それでいいではないか。

そのときの己の心境を思い出し、どうにか自らを納得させたところへ、

「お赦しくださいっ。どうか、お赦しくださいい、殿ッ」

身も世もない懇願の声が聞こえてきた。

「どうした？」

「どうやら小平が落ちたようじゃな」

三郎兵衛は一向に顔色を変えない。まるで、はじめから結果がわかってでもいたように落ち着き払っている。

「落ちた？……白状した、ってこと？」

「当然だ。まことの下手人なのだからな」

「そうなの？　でも、なんで？　先代に引き立ててもらったんだろ」

「だからこそ、だ。先代は名君だった。名君の下で佞臣《ねいしん》が長らえることはない。下館を長く食いものにするためには、名君の治める国であっては困るのだ」

「くそッ、なんて野郎だ！」

「まあ、南町奉行として数々の悪人を裁いてきたこの儂が、絶対落とせる訊問術を、直々《じきじき》に伝授してやったのだからな。当然じゃ」

さも満足げに三郎兵衛は言い、ゆっくりと腰を上げた。

「で、大熊は？」

「大熊は、年貢の上前を掠めた以外、なにもしとらん。播磨守への忠誠心もある。……まあ、私腹を肥やした件できつく叱った上でお解き放ち、謹慎といったところだろう」

「それがわかってたのに、なんで大熊を呼び出して一緒に縛り上げたんだよ？」

「知れたこと。小平に白状させるために決まっていよう」

背中から言い捨てて、三郎兵衛は祠の観音戸を両手で引き開けた。

その刹那、月明かりが祠の中に射し込んで、身動きのできぬ科人二人は、揃って眩しさに顔を顰めたことだった。

## 四

石川家とは一切血縁関係のない外様の七男坊が、名君の誉れ高い伊勢神戸藩主・石川総茂の養子となったのは、せいぜい五つか六つの頃のことだ。

総陽には殆どそのときの記憶はないのだが、

「厄介丸《やっかいまる》」

という蔑称で呼ばれた少年時代、亡父の法要に参列したそのひとと出会ったらしい。

「聡《さと》そうな目をしておるな」

大人に教えられたとおりの焼香をどうにかすませて席へ戻る途中、うっかり躓《つまず》いて転んだ厄介丸を、そのひとが抱き起こして言った。

「お亡父《ちち》上によく似ておられる」

との言葉もただの酔狂ではなかったらしく、少年はその後まもなく、そのひとの養子となった。亡父とそのひとのあいだには、どうやら一方《ひとかた》ならぬ親交があったらしい。

おかげで、それ以後の人生、彼は少なくとも不幸ではなかった。

「小十郎《こじゅうろう》」という名を与えられ、武家の子弟としては当然の教育も施されたが、まさか嫡子《ちゃくし》として扱われるとは思っていなかった。

十二の歳から、小姓のように常に身近に仕《つか》えることを義務づけられたのは、軽んじられているからだとばかり思っていた。家臣らも当然そう思っていた。

まさか、将来藩主として藩政を担うための修業であったなどとは、家督を継いだ後、総陽ははじめて知った。

(多くを語らず、自ら学ばせようとする御方であった)

養父の死後、総陽にはしばらく失意の日々が続いた。

正室の由衣姫は、紀州家の御家門であることを鼻にかけて驕慢《きようまん》であり、諸事派手好みの女であった。養父は、総陽の先行きを思い、敢《あ》えて格上の家と婚姻を結んでくれたのであろうが、総陽には些か——いや、かなり荷が重かった。

「藩主の、最も重要な役目はなんだと思う、小十郎？」

死別する少し前、総茂が総陽に問うた。

「領民を、慈《いつく》しむことでございましょうか」

恐る恐る総陽が答えると、総茂はしばし無言で曖昧な笑みを浮かべ、

「うん、それはよいことだ」

やがて満面の笑みを見せ、頷いてくれた。

総陽は忽ち嬉しくなったが、無言のときが長かった故に、それが正解ではないことを薄々察していた。

「だが、小十郎、藩主にとって最も重要な役目とは、兎に角、生きていることよ」

総茂は言い、言い終えたときには、既に満面の笑みは消えていた。

「生きていることでございますか？」

「そうだ。生きていること、だ。間違っても、死んではならぬ。死んでは、領民を慈しむどころか、己の家族も守れまい」

「はい」

不得要領に頷きながら、そのときの総陽には総茂の言わんとするところが理解できてはいなかった。が、それからまもなく、総茂が江戸で急死したことで、否応なく理解することとなった。

藩主は、先ず生きて江戸と領国とを往復しなければならぬ。生きていれば、それ以外のことはなんとでもなるものだ。おそらく養父は、そう言いたかったに違いない。

その総茂の死が、尋常のものではないらしいと総陽の耳に吹き込んだのは、総茂の正室であり、総陽にとっては養母にあたる志筑殿《しづきどの》である。

「国替えに参勤が重なり、ご心労がたまっておられたとはいえ、元々ご壮健なお方であられました。おかしいとは思われませぬか？」

と般若《はんにゃ》の形相で問われたとき、総陽にもぼんやり察するものがあった。

「義父《ちち》上の死の真相は、必ず突き止め、関わった者には相応の報いをうけさせます」

総陽が義母に約束したのは、家督を継いでまもなくのことだ。

あれから、六年近くが過ぎた。

総陽は注意深く行動した。

うつけを装い、放蕩《ほうとう》に明け暮れ、ついにはこっそり江戸入りする、という暴挙にも出た。

すべては、小平を油断させるためにほかならなかった。

大熊の強欲さも多少気になったが、その欲は自ら御家を藩を、恣《ほしいまま》にしようというほどの大欲ではなく、ただ己の家を多少富ませようという程度の小欲にすぎないようだった。それは、大熊の不正に薄々気づきながら、総茂が敢えてなんの処断も下さなかったことからも明らかだった。

竹馬の友であるから、若い頃の、多少よくない行状も知られていたことだろう。或いは、二人だけの秘密のようなものもあったかもしれない。それ故、厳しく処断するのが忍びなかった。

が、血縁のない総陽には、大熊を目こぼしする理由もない。処断するなら、総陽の代になってからすればよい、という程度の気持ちだったのかもしれない。

（しかし、わたくしには少々荷が重すぎましたぞ、義父上）

公儀お庭番に護られながら下館に帰る道々総陽は思い、心中深く嘆息した。

義父は聡明だと思ってくれていたようだが、己の凡庸《ぼんよう》さは、総陽自身がいやというほど承知している。

うつけの振る舞いも、内心ヒヤヒヤと薄氷を踏む思いであった。

そのため、さほど好きでもない酒を過ごし、体も悪くした。己の寿命がそう長くないことも自覚せざるを得なかった。

（間に合うかな）

今年に入ってからは、密かに案ずるばかりであった。

或いは、これが最後の江戸入りになるかもしれない。今度こそ、ケリをつけようと決意した矢先、お庭番を名乗る者が現れた。お庭番に身辺を探られていたということは、既に己の行状は上様の知るところとなり、じきに幕府の沙汰が下る、ということだ。

一度は絶望的な気持ちに陥《おちい》ったが、なんの幸いか、お庭番の協力を得ることができた。

小平を断罪した後は、追いたてられるように江戸を発たされた。

大名が、私情によって勝手に江戸入りしたことだけは秘匿せよ、というのが、上様の御意向らしい。いまは急ぎ下館に戻り、改めて来年参勤せよとのことだった。上様——或いは大目付による沙汰は、そのとき改めて、ということだろう。

（しかし、あの者、あれほどのお人好しで、よくも務めを全うできるものだ。……いや、全うできぬから、四六時中父に叱責されているのであったか）

冷酷非情であるべきお庭番にはあるまじきその者の言動を思い出し、総陽は我知らず苦笑した。

（それに、口では厳しく叱りつけながらも、結局あの者の父親も息子には甘かったな。……およそ、お庭番らしゅうない親子だった）

思い起こして更に堪えきれぬ笑いを低く漏らした後、総陽はふと、乗り物の小窓を開けてそこに随《したが》っているもう一人のお庭番を見た。

「なにか？」

桐野は、すぐに気づいて総陽に問いかける。

「一つ、頼まれてもらえまいか？」

「はい、なんなりと――」

「よいのか？」

「お頭から、播磨守様のご希望には極力沿うように、と言いつかっております」

「奥……由衣が、もし懐妊しているようであれば、無事に子を産めるまで、気にかけてやってもらえまいか？」

「ご存知でしたか」

「いや、知らぬ」

と一旦首を振ってから、

「儂はなにも知らぬ」

もう一度同じ言葉を繰り返した。

「知らぬが、もし来年の参勤で顔を合わせたときには、『でかした』と褒めてやるつもりであった。そのつもりであったが……」

総陽は言い淀み、しばし逡巡してから、謙虚な口調で懇願した。

「人間、なにが起こるか、明日のことはわからぬからのう。儂に万一のことがあったときは、代わりに、由衣と赤児の先行きを見届けてもらえまいか」

「困りましたね」

桐野は即座に難色を示した。

「矢張り、無理か？」

「我々お庭番には、先々のお約束はいたしかねます。何時《いつ》何処で命を落とすかわからぬお役目でありますれば――」

「…………」

「ですから、仮にお約束いたしましたとしても、せいぜい一年かそこらのお約束とおぼし召せ」

「わかった。では、一年かそこらでよいから、よろしく頼む」

総陽は言い、小窓を閉めた。

閉めた途端に無意識の笑いが漏れてしまったのは、馬鹿正直すぎる桐野の対応が気に入ったからにほかならない。

※

「いたのか？」

そのとき、思わず口をついて出た言葉を、我ながら愚かしいと桐野は思った。

気がつけば目の前にいた人物に向かって問うたのだ。珍しく、狼狽していた。

「ああ、いたよ」

堂神は、まるで街道筋を守る道祖神の如き風情で道端にどっかりと腰を下ろしている。

「ずっとか？」

「まさか。……ちょっと前からだよ」

悪びれずに言いざま、堂神は吸いさしの煙管《キセル》を傍らの地蔵の頭で叩き、吸い殻を落とす。僧侶にあるまじき罰当たりである。桐野は少しく眉を顰めた。

「なにか用か？」

「ああ」

「なんだ？」

「なんだと言われても……雇い主の行く末を見届けるのも、最低限の礼儀ってもんだろうが」

「お前の雇い主は小平釆女であろう」

「小平の金は元々下館藩のもんだ。ってこたあ、殿様に雇われたようなもんだろうが」

「屁理屈だ」

「いやな顔をされる覚えはねえぜ。結局協力してやったじゃねえか」

「こちらこそ、恩に着せられる覚えはないな。巧いこと小平を丸め込んで、礼金を倍額もふんだくったのではないのか？」

「さすがは師匠だ。勘がいい」

立ち上がり、大きく伸びをしながら、堂神は呵々大笑した。ただでさえ大きな体が、もうひとまわりも大きくなったかのように錯覚する。

「まさか、そんな無駄話をするためにわざわざ私を待ち伏せしていたわけではあるまい」

苦笑を漏らしつつ桐野が述べた瞬間、周囲の空気がガラリと変わった。

即ち、錫杖《しゃくじょう》を摑みなおした堂神が、ものも言わずにそれを一旋回したのである。

　ごぉっ、という低い轟音とともに、堂神の錫杖が長閑《のどか》な晩秋の日だまりを裂き、忽ち夥《おびただ》しい殺気を呼び込む。

「なんのつもりだ」

　それを、間一髪鼻先に躱《かわ》し、桐野は問うた。

「知れたこと。今日こそ決着をつけさせてもらうのよ」

「なんの決着だ」

「貴様と俺のあいだの決着といったら、一つしかあるまいッ」

　振り上げた錫杖を、振り下ろすのではなく、横殴りに払いざま堂神は言い、だが彼の振るった錫杖の先に、桐野の姿は見あたらなかった。

「くそっ、逃がさぬぞ、桐野ッ」

「逃げはせぬ」

　桐野の声は、すぐ近くから聞こえるようでもあり、遠くから響くようでもあった。但し、その姿は何処にも見えない。

　見えぬままに、しばしのときが過ぎた。

ひゅううううう〜

ごぉおおおお〜

風の音にも聞こえる。

だが、実際には、あたりに微風《よそかぜ》一つ吹いてはいない。

すべて堂神の振り回す錫杖から発せられる音だった。

空を裂き、ときに轟然と呻《うな》りをあげる。

とても、人に為せる業《わざ》とは思えない。

「うおうっ！」

気合とともに振り下ろせば、烈《はげ》しい土埃《つちぼこり》が舞い上がり、地面は忽ち真っ二つに裂けた。

「相変わらずの、馬鹿力だな」

桐野の声音は、低く含み笑っているようだった。

「何処だ、桐野ッ？」

堂神は堪らず問いかける。

「…………」

「何処だッ?!」

錫杖を振り回しつつ、堂神はなおも呼びかける。

「卑怯だぞ、桐野！　姿を見せぬかッ！」

「貴様の目は相変わらず節穴のようだのう」

「なんだとう！」

「見えぬ己を恥じるがよい。未熟者めが」

「ぬぅうう……おのれッ!!」

声のしたほうを頼りに、堂神は思わず錫杖を突き出す――。

ざッ、
サァ～ッ……

錫杖は空しく雑草の茂みに入り、その尖端の遊環《ゆかん》をカラカラと鳴らす。

「ぬぁッ」

踵《きびす》を返し、すぐ正反対の方向を突く――。

が、六つの遊環はむなしく空を切った。

「私はここだ、堂神」

「…………」

声のしたほうへ体を向けもせず、腕だけ伸ばして錫杖を突き入れるが、矢張りその方向にも目指す敵の姿はない。

(どこだ?)

堂神は焦った。

桐野の術の神髄が、己の存在を敵の目から完全に消してしまうことにあるのは、弟子である以上、当然知り尽くしている。桐野はかつてその業を堂神に伝授しようとしたが、無理だった。己の存在を消すどころか、あくまで主張したいのが堂神だ。

「うぬは向いておらぬ」

教えはじめてまもなく、桐野は自らそれを諦めた。

《霞《かすみ》》の業どころか、そもそもこやつはお庭番にも向いておらぬ)

それがわかった故に、桐野は円満に堂神をお庭番の組から去らせた。

「いいのか?」

「お前は向いていない。自分でもよくわかっているのであろう」

「…………」

「頃合いをみて組を抜け、何処へなりと去るがよい。死んだことにしておいてやる」

「ありがたい。勤めは苦にならんが、掟《おきて》だなんだと窮屈なのはもう御免だ」

腕は立つが、命令違反など、なにかと問題の多い堂神を粛清すべきという声もあがっていたのである。

外様の内情を探るため地方に出た際、「戻らなくていい」と告げて、谷底へ落とした。

運が悪ければ死んでしまうかもしれないが、それくらいやらねば、周囲を信じさせることはできない。本気で殺されかけたと思い、堂神は桐野を恨むかもしれないが、かまわなかった。

先日、桐野の前に姿を現した堂神からは、僅かながらも本物の殺気が感じられた。

矢張り谷底に落とされたことを恨んでいるのだろう。

それ故、怒号とともに襲いかかる堂神の錫杖を間際《まぎわ》で躱し、そのまま姿を消した。

殺気を宿した者と、勤め以外のところで斬り合うつもりは毛頭なかった。

堂神のほうも執拗に追うつもりはなく、残った堂神の手下は、すべて三郎兵衛が片づけた。

堂神には堂神の考えもあってのことだろうが、結局は協力することとなった。示し合わせたわけではなかったが、堂神が小平を連れて来てくれたのは大変有り難かった。

それが、かつては師弟関係にあった同士の以心伝心というものかと思い、すべて水に流されたつもりでいたが、どうやらそれは桐野の勝手な思い込みだったらしい。

結局谷底に落とされたことに加えて、仕事の邪魔をされたことで、一層桐野を恨むようになったのだろう。

(あの様子では、結局金はもらえずじまいか)

わざわざ下館からの帰りを待ち伏せしていた。

(どうする?……斬りたくはないが)

桐野は逡巡した。

谷底に落とされて助かる確率はせいぜい十に一つだ。折角助かった命を、己の手で摘みとるのはしのびない。

「出て来い、桐野ッ!」

錫杖を振り回しながら喚き続ける堂神を、正直桐野は持てあました。

(仕方ない。このまま去るか……)

「おい、このままズラかろうなんて考えてんじゃねぇだろうなッ」

まるで桐野の心中を読んだかの如く口走る堂神に、桐野は思わず苦笑した。

(勘は、悪くないのだがな)

苦笑したその鼻先を、堂神の錫杖が掠めてゆく。

桐野は無意識に身を処して堂神の背後にまわり込み、

「お終《しま》いだ、堂神」

無防備なその盆の窪《くぼ》へ得物を当てつつ、低く告げた。

「…………」

堂神は即ち動きを止め、手にした錫杖を潔《いさぎよ》く足下へ落とす。

「お前はなにも見ておらぬ。見えぬものを見ようと思わねば、いつまで経っても同じ事の繰り返しだぞ」

「ああ、見えてねえよ」

動きを止めた堂神はその巨軀を微動だにせず、言い返した。

「見えてはねえが、いまの俺は、こんな芸当ができるんだぜ、師匠」

言うなり、堂神の長い手が信じられぬ角度から背後へ——己の真後ろへ伸べられた。

その腕で、

「あ……」

瞬時に四肢を捕らえられ、桐野は言葉を失った。背後へ腕を伸ばして桐野を捕らえざま、そのままで、堂神は体を反転させたのだ。驚くべき柔軟さであった。

即ち、桐野は正面から堂神の腕に捕らわれた形になる。

「やっと、捕まえた」

「……………」

「このまま絞めたら、さしものあんたも死ぬだろうな」

「その前に、私の切っ尖の毒が、お前の体に入る」

腋から差し入れられた屈強な腕に強く捕らわれながらも、眉一つ動かさず桐野は応えた。四肢を捕らえられながらも、その手中には小さな刃が握られたままだ。しかし、身動《みじろ》ぎ一つできぬほどに、堂神の腕にこめられた力は強い。

「なるほど。……じゃあ、心中《しんじゅう》だな。望むところだ」

言いつつ、桐野を捕らえた両腕に、堂神はギリギリと力を込めてくる。万力のような力であった。

「心中ではなく、相対死《あいたいじ》にだ」

苦しいはずの桐野の唇辺《くちもと》がふと弛む。

桐野の四肢を締めつけたままで、堂神はそのまま俯《うつぶ》せに倒れ込んだ。

その瞬間、堂神は腕を弛め、地面に手をついて桐野を庇う。

「……………」

倒れ込んだきりピクとも動かぬ堂神に、桐野は閉口した。

「師匠……」

閉口し、戸惑う桐野の耳朶に堂神が低く囁《ささや》いた。

「師匠に会ったら、礼を言おうと思っていた」

「何故？　私は貴様を殺そうとしたのだぞ」

「だが、死んではいない。……あのとき、師匠が俺を解き放ってくれたから、いまもこうして生きている。あのままお庭番を続けていれば、とっくに死んでいた。師匠の言うとおり、俺はお庭番には向いてなかった」

「………」

「ありがとう、師匠、俺は……」

言いかけた堂神の言葉が途中で止《や》み、その顔が苦痛に歪む。堂神の腕から力が抜けたことで四肢の自由を取り戻した桐野が強引に身を翻《ひるがえ》しざま、その鳩尾《みぞおち》へ、肘を突き入れたのだ。

「いい加減にせい。暑苦しい」

「痛《いた》ッ……し…師匠……相変わらず、容赦ねえな」

胸元を押さえつつ、堂神はゆっくりと半身を起こす。そのときには、桐野は既に体勢を立て直し、堂神との間合いの外へと逃れていた。

「ただでさえ、お前のその姿は人目につく。今後は、あまり江戸には近づくな」

「わかってるよ。今回は、割のいい仕事だったから、つい……」

「割のよい仕事ほど、焦臭《きな》いものだ」

「わかってるって。少しくらい焦臭くねぇと、金にはならねぇよ」

「お前ほどの腕があれば、地回りの用心棒でもそこそこ稼げよう」

「師匠に……」

「ん？」

半ば背を向けかけた桐野は、呼ばれてふと足を止めるが、

「師匠に会いたくなったら、いつでも会いに行くぜ」

「たわけめ」

堂神の軽口に苦笑いして、今度こそ完全に背を向けた。その背に向かって、

「師匠も気がついてるかもしれねえが、下館の殿様、毒を盛られてるぜ」

ふと真顔になった堂神が言う。

「やはり、そうか」

「あと半年、もつかどうかってところだろうな」

「半年か……」

堂神の視界から姿を消す寸前、桐野は無意識に呟いた。

はじめて見たときから、あの顔色の悪さはたんなる酒焼けとは思えなかった。

半年もたぬとなれば、江戸への参勤はかなうまい。となれば、大目付の詮議もうけることはない。正室に子が生まれるとしても、勿論その子の顔を見ることもあるまい。

末期養子を迎えて家督を継がせることになるので、正室の産む不義の子はおそらく闇に葬られる。成長した暁、厄介な火種となるのを防ぐためだ。

(あのたわけ殿、まさかそこまでわかっていて、すべて企んだか？)

山中を深く進み、人の通らぬ獣道《けものみち》を往《ゆ》きながら、思うともなく、桐野は思った。

己の死を意識した者は、妙に勘が鋭くなる。

戯《たわ》けを装って日々遊興に耽《ふけ》り、追いつめられているように見せかけながら、実はじわじわと小平采女を追いつめ、成敗に到るまでの石川総陽の勘働きは神がかっていた。

或いは、己の寿命を無意識に知るが故の奇跡であったのかもしれない。

(兎に角、いまは一刻も早く江戸に帰ろう)

思った瞬間、桐野はすべてを振り切った。

振り切った以上、下館藩も堂神のことも、最早、振り返ることのない過去であった。

※　※

「なあ、祖父《じい》さん」

縁先に並んで、頭上の見事な明月を見上げながら、勘九郎はふと三郎兵衛に話しかけた。

涼しいのか生温かいのか、よくわからぬ風が少しく吹いている。

「なんだ？」

「この前、祖父さんのことを『父上』って呼んだろ」

「………」

三郎兵衛の、手にした猪口《ちょこ》を口許まで運ぶ手がつと止まる。

「あのとき、思い出したんだよな」

「なにをだ？」

「ガキの頃、俺、祖父さんのことを父上だと思ってたんだよ」

「なに？」

さすがに三郎兵衛の顔色が変わる。

「だって、しょうがないだろ。俺の父上について、誰一人、何一つ教えてくれる者がいないんだぜ。母上のこともだけど。……てっきり、俺の父親は爺さんで、娘みてえな歳の若い女中にでも手を出して、俺を生ませたんじゃねえか、って……」

「ば、馬鹿……お前、なんということを！」

三郎兵衛は年甲斐もなく、真っ赤になって狼狽えた。

頭ごなしの怒声には慣れていても、祖父のそういう狼狽え方には慣れていない勘九郎は内心焦った。

決して、真っ赤になって狼狽える祖父の姿が見たかったわけではない。寧ろ、三郎兵衛の生々しい羞恥の仕方に、いやな印象を受けた。

「まさか、図星なの？」

「たわけがーッ」

三郎兵衛は渾身《こんしん》の怒声を放った。

「毎年、二親《ふたおや》の墓参りに行っていたではないか」

「だからあれは、祖父さんが俺を丸め込むために偽装したのかな、と……」

「たわけーッ」

三郎兵衛は再度怒鳴った。

勘九郎の耳朶を激しく震わせる大声だ。

「お前が儂の子であれば、なんのために斯様な詐術を行う必要があろうかッ」

「そうだよな。そもそも世間体《てい》なんてもんを気にする祖父さんじゃないし……」

するとと勘九郎はあっさり認める。

「やっぱり、祖父さんは俺の祖父さんで、墓の中に、俺の知らない父上がいるんだよな」

しみじみと言いながら猪口の酒を一口飲む孫の姿に、少しく三郎兵衛の心が痛んだ。

「悪かったな、勘九郎」

「え？」

「甚兵衛《じんべえ》とあさ美《み》のことを一切語らなかったのは、それがお前のためだと思ったからだ。語ったとて、金輪際見《こんりんざいまみ》えることのできぬ二親のことを教えられても、ただ悲しいだけであろうという、儂の勝手な思い込みじゃった」

「祖父さん……」

いまにも泣き出しそうな三郎兵衛の顔に月明かりが射すのを、申し訳ない思いで勘九郎は見た。

「金輪際見えることはできずとも、お前の二親だ。教えてやればよかったのう」

「いいよ、別に」

わざと冷淡に言い捨ててから、勘九郎は再び頭上の月を見上げた。

「俺、別に、祖父さんの子でもいいし——」

言ってから、勘九郎はふと立ち上がり、三郎兵衛から顔を隠す。泣き顔は、どうあっても見られたくないのだ。

「…………」

そんな勘九郎の様子を微笑《ほほえ》ましく思いながらも、三郎兵衛もまた、己の泣き顔だけは孫に見せまい、と決めている。

「そういえば——」

それ故三郎兵衛は唐突に話題を変えた。

「近頃銀二が顔を見せぬようだが、どうしておる？」

「なに言ってんだよ、ジジイ‼　まさか、耄碌《もうろく》したのかよ‼」

銀二という名を聞いた途端、勘九郎が忽ち顔色を変える。明らかに憤《いきどお》っているようだ。

「なんだと？」

暴言を吐かれて、三郎兵衛も忽ち顔色を変えた。

「そもそも、祖父さんが銀二兄を下館に行かせたんだろうが」

「あれはひと月も前のことではないか。とうに戻っていよう」

「それが、戻ってねえんだよ」

「何故だ？」

「知るかよ」

「まさか、銀二に限って不覚をとることはあるまいが……」

「口うるせえジジイにこき使われるのがいやで、ズラかっちまったんじゃやねえの」

「まさか、銀二に限って……」

もう一度同じ言葉を呟いてから、勘九郎に指摘されたとおり、念のため銀二にも石川総陽の身辺に目を光らせるよう命じていたことを改めて思い出した。

(いや、忘れていたわけではないのだ。断じて、忘れていたわけでは……)

三郎兵衛は懸命に己に言い訳をした。桐野一人で十分なのを承知で、銀二まで行かせたのは、勘九郎から引き離す目的にほかならない。銀二が戻ってこないのは、そんな三郎兵衛の魂胆を察してのことかもしれなかった。

(儂らしくもない、つまらぬ真似をした)

という思いが、三郎兵衛の気持ちを澱《よど》ませる。

それ故、手酌で注《つ》いで、月に向かって献盃《けんぱい》した後、ゆっくりとそれを飲み干した。

口中に矢鱈《やたら》と苦《にが》く感じる酒であった。

時代小説
二見時代小説文庫

# たわけ大名《だいみょう》 古来稀《こらいまれ》なる大目付《おおめつけ》3

二〇二一年 八 月二十五日 初版発行

著者 藤《ふじ》 水名子《みなこ》

発行所 株式会社 二見書房
〒一〇一-八四〇五
東京都千代田区神田三崎町二-一八-一一
電話 〇三-三五一五-二三一一［営業］
〇三-三五一五-二三一三［編集］
振替 〇〇一七〇-四-二六三九

印刷 株式会社 堀内印刷所
製本 株式会社 村上製本所

 ISBN978-4-576-21118-3
https://www.futami.co.jp/